文庫

トライアウト

藤岡陽子

光　文　社

目次

トライアウト　5

解説　瀧井《たきい》朝世《あさよ》　364

トライアウト

息子が生まれたのは、今から八年前の冬の朝だった。体重が四千百二十グラムもあり、新生児室のコットに並ぶ他の子に比べてもひときわ大きく、頭に被せられたみず色の毛糸の帽子が額にきつく食いこんでいた。

「久平《ひさひら》ベビー」

息子は看護師たちの間でそう呼ばれ、コットにつけてある名札のところにも「久平ベビー」と書かれていた。すでに名前が決まっている子はその名前で呼ばれていたが、息子にはまだ名前がなく、可南子《かなこ》の名字で呼ばれていたのだ。可南子には名字に「ベビー」を付けて呼ぶことが不自然に思えて「久平ベビー」と口にされるたびに、息子が父親のいない子供として揶揄《やゆ》されているような気がしてならなかった。

「おっきいねぇ」

家族の中で唯一面会に来た妹の柚奈《ゆずな》は、息子を見るなり開口一番そう言った。

「でしょ」

新生児室で寝息を立てている息子をガラス越しに見ながら、可南子は呟いた。前日の朝八時過ぎに出産してから丸一日は経っていたけれど、それでもまだ身体が自分のものではないくらい疲労していた。

「痛かった？」

「陣痛がってこと？　そりゃもう想像できないくらいに」

陣痛らしきものがきたのは前日の、夜中の十二時を過ぎた頃だった。太鼓を叩くような響きで持続的に下腹が痛み始め、しばらく我慢していると痛みはどんどん増していった。それまでは「陣痛に気づかなかったらどうしようか」などと考えていたが、実際にあの痛みを体験してみると、「間違えようなどない」という感じだった。入院した時すでにかなりの痛みだったにもかかわらず、それでも「まだまだ産まれませんよ」と助産師に言われ、子宮口が全開になるまで陣痛室で八時間も待った。何かの罰かと思うくらいの痛みで、実際に世間的に歓迎されていない子を産む罰なのだろうと、黙って痛みに耐えた。骨が軋《きし》む、骨が裂ける感じとでもいうのか……。カッと焼けるような痛みではなく、強烈な鈍痛に、可南子は目をつむり口から漏れる呻《うめ》き声を枕で抑えるようにして耐えた。

「お姉ちゃん、私にだけ教えてよ。この子の父親、本当は誰なの？」

柚奈がのんびりした口調で訊いてくる。「私にだけ教えて」は柚奈の小さい頃からの口癖だ。そうして話してやって秘密を守れたことなど一度もない。

「父親はいない」

「誰にも言わないから」

「何度訊かれても、いないものはいない」

個人経営の産婦人科だったので、医師は二人しかいなかった。当直の医師が帝王切開の緊急オペに入っているとかで、もう一人の医師の出勤を待っての出産だった。「もうじき先生が来ますからねぇ。頑張ってねぇ」と助産師に暢気《のんき》な励ましを受け、分娩室で痛みに身体を捩《よじ》りながら下腹の異物を出す瞬間を待った。八時になって医師が分娩室に入って来て、その直後にいきむように言われ、せっかちな息子はたった二回のいきみでこの世に出てきた。赤ん坊が自分の身体から出た瞬間だけは、可南子もあらん限りの幸福感に包まれた。

「私はあの男ではない、と睨んでる」

柚奈が笑顔を可南子の方に向け、改まった口調で言った。

「あの男って？」

「ほら、お姉ちゃんと週刊誌に載ってた人。写真一緒に写ってた。あのにやけた男が赤ん坊の父親だとは思えないのよねえ」

「ああ……」

柚奈は小さい頃から妙に勘が鋭く、こちらが隠していることも、時おりこうして見破った。

「肯定も否定もしないけど」

「けち」

「けちと言われても、言わない」

「だってあの男は独身だったでしょ？　写真の人。まだ若かったし。でもこの子の父親は既婚者に違いないとあたしは思う」

心の中で「鋭い」と切り返しながら、可南子は、

「どうでもいいじゃない」

とそっけなく言う。

「へその緒でも送りつけちゃえば」

「え？」

「相手の奥さんにこの子のへその緒、宅配便で送るの。添え状にあなたの夫の子のものです、と一筆書いてさあ」

可南子は柚奈の顔をまじまじと見て、溜め息をつく。そういえば、二歳になるかならないかのうちからこの妹は意地悪の片鱗を見せていた。

「そんなことしてどうなるの？」

「ちょっとはすっきりする」

柚奈はにんまりと笑う。本気か冗談かはわからない。

「で、あの男は今何してんの？　刑務所とか入ってんの？」

「あの男って？」

「だからあ、写真の男だって。片岡信二《かたおかしんじ》とかいう人」

「さあ……」

「ってほんと知らないわけ？　でも、ああいう事件はどれくらいの罪に問われるのかな」

「そうやってさぐりをいれても無駄よ。話さないから、何も」

「姉の出産を知って、わざわざ新幹線でかけつけてきた妹に対して、その態度はないんじゃない？　今日バイト休んで来たのに。お父さんもお母さんも来ないだろうし、お姉ちゃんが可哀想だと思って」

冗談めかして言いながら、柚奈は通りかかった看護師に声をかけて赤ん坊を抱かせてもらえないかと頼んだ。看護師は笑顔で頷くと、新生児室から眠っている息子を可南子たちの前に連れ出してくれた。

「わっ。実際に抱いてみると小さいな。他の子と並んでると目立って大きいけど」

柚奈はこわごわという感じで、腕の中の息子を見つめる。

「かわいい……」

柚奈が呟き、頬ずりした。

「おめでとう。お姉ちゃん」

ふいに言われ、涙腺が緩んだ。柚奈の前で泣くなんて情けないと思ったので、

「ありがとう」

と目に力を込めてなんとか涙を抑えた。

「来てくれてありがとう。忙しいのに時間を作って出て来てくれたのね」

結局、病院に見舞ってくれたのも、生まれたての息子を抱いてくれたのも柚奈ひとりきりだった。

柚奈とは決してこれまで仲睦まじい姉妹とは言えなかったけれど、可南子は彼女の「おめでとう」を今でも大切に憶えている。

1

　可南子に時期外れの辞令が言い渡されたのは、十一月に入ってすぐのことだった。秋風に冷たいものが混じり始めた肌寒い日の夕方、校閲部長の染谷《そめや》に突然告げられた。

「運動部の若い記者が急に辞めることになってね。どうしたもんかと悩んだ結論が、きみの運動部異動に決まったわけだ。うちもね、いきなりのことで驚いてるよ。わが部のエースを失うと相当きついからね」

　染谷はそう言って、本当に残念そうな顔をしてくれた。異動を言われたのは、会社の近所にあるイタリアンの店でのことで、部長と二人だけで食事をするなんて、初めてのことだった。

「……お世話になりました」

　まさか異動を告げられるとは思っていなかったので何を話せばよいのかわからず、ワインのボトルに貼られたラベルに目をやりながら、ぼんやりとした口調で可南子は言った。

「いやいや、本当によく頑張ってくれた。でも久平さんならどこに行っても大丈夫だと思うよ。真面目だし仕事できるから。この両方を備えている人は、どこへいっても重宝される」

穏やかな口調で染谷部長は言うと、「これ、つまらないもんだけど」と小さな包みをくれた。中を開けるとペンが入っていた。

「運動部の人たちってみんなこういうの持ってるでしょ。だから捜して……」

ペンには紐がついていて、首からかけられるようになっている。

「ありがとうございます……」

ペンを握りながら、可南子は呟く。何かきちんとした挨拶をしなくてはと思うのだけれどうまく言葉が見つからず、目の前で染谷部長が必死で話してくれているのに、話が半分くらいしか頭に入ってこない。

「いやいや。久平さんも大変だね。会社組織に異動はつきものだけど新聞社はまた独特だからなあ。きみの場合はなんかなあ……。外勤になるのは何年ぶりになるのかな」

「九年ぶり……ですかね」

「九年か……。ブランクを埋めるのが大変だろうな」

心底不憫《ふびん》だという表情で染谷部長が言うので、可南子の沈んだ気持ちが少し軽くなる。会社の嫌がらせですよ。九年前の不祥事を、きっとまだ忘れてはくれないし許してもくれないんです。こう口に出せたなら、気分も少しは晴れるだろうか。

「校閲に四年、やっと落ち着いたのになあ……」

部長の言葉に頷き、無言でワインを飲んだ。

来年の春から、宮城の実家に預けている考太《こうた》を東京に呼び寄せるつもりでいた。小学三年生になったなら、可南子が深夜勤務の日も考太ひとりで家に置いておけるかと考えていた。ようやく親子一緒に暮らせる。定時に出社し退社できる校閲部なら、シフトをやりくりし、学童保育を利用してなんとか考太を自分ひとりで育てていける、と。

「久平さんにはたしか、子供さんがいたんだよな」

「はい。息子がひとり」

「大きくなったでしょう」

「八歳です」

「そんなに？　早いなあ……」

染谷部長ももちろん、あの事件を知っている。きっと世間と同じように、息子の父親はあの事件の男だと思っているだろう。

「ほんと……早いです。私ももう三十八ですから」

「そんなになるの……きみも三十八か。頑張ってきたね」

頑張った……。多くを語らないが、よく会社に居続けたなと部長は言いたいのだろう。そう、本当に頑《かたく》なに会社に居続けた。産休の後、もといた社会部から内勤への異動になり、そしてその後いくつかの部署を転々とした。本社の校閲部に落ち着くまでは出社時間も退社時間も日替わりで、育てるにも考太への負担が大きすぎた。

両親が考太を預かると言ってきたのは、彼が肺炎で何度目かの入院をしている時だった。その時に初めて可南子の父である謙二《けんじ》は考太の顔を見た。

「いくつになった」

ベッドに横たわる考太を見下ろすと、強張った表情を変えないまま謙二は訊いてきた。

「二歳と三ヶ月」

「大きい子だな」

少しだけ柔らかな声を出す。

「どうしたの、突然見舞いにくるなんて。そんな大げさなことじゃないのに」

宮城から駆けつけた両親に向かって、可南子は不機嫌な口調で言った。古めかしい畏《かしこ》まったスーツ姿の佳代《かよ》とは対照的に、普段着に上着をひっかけてきたという様子の謙二に向かって、可南子は険しい目を向ける。「なんで来たのよ」

考太が生まれた時も、それからも、一度も連絡をよこしたことがなかったくせにと、心の中で続ける。謙二が可南子のことを「久平家の恥さらし」だと客に言っていることは柚奈から聞いていた。

「可南子さえよかったら、うちで預かってもいいのよ」

佳代が、小さな声で言った。考太は酸素マスクをつけ、左手も点滴が外れないようにベッドの柵に紐で固定されているという状態で、目だけをくるくると動かしていた。初めて見る祖父母の姿に緊張と興味を示して。

「預かるって……考太を？　そんなこと必要ないわ」

「でも……。これで四度目の入院だって柚奈から聞いてるし。あなたもほら、不規則な仕事で、こっちで頼りになる人もいないみたいだから」

佳代が言いにくそうに伝えてきた。

育休を終えた一歳の頃から、考太を近所の保育園に通わせていた。待機児童がわんさといる中、母子家庭ということで比較的スムーズに入所できたものの、それからが大変だった。いろんな病気をもらってきては、寝込むのだ。

「熱があっても解熱剤飲まして無理に保育園連れて行ってるそうじゃない」

「それも柚奈が言ったのね？　一回だけのことよ。たまたま柚奈から電話がかかってきた時にそんな話をしたけど」

　本当は一回なんかではなかった。どうしても休めない仕事がある時は、そうやって考太に負担をかけている。体調が回復しないまま登園することを繰り返しているうちに、今では慢性的に肺に膿が溜まった状態だと医師に告げられた。しばらくは抗生物質を飲み続けなくてはいけないらしい。

「近所にいたらいつでも助けてあげるのに。ねえお父さん」

「大きい子だな」と言ったきりずっと押し黙っている謙二に向かって、佳代が呟く。謙二は相変わらず黙ったままで、考太に声をかけるわけでもなく静かな感じで彼を見ていた。

　沈黙がしばらく続き、可南子は両親と三人で考太の胸が上下するのを見ていた。眠いのか考太は目を閉じているが、時おり辛そうに眉間に皺《しわ》を寄せる。

　謙二が大きな声を上げて取り乱したのは、考太の身体にとりつけてある機械が異常を警告するチャイムを鳴らした時だった。

「可南子っ。どうしたんだ、アラームが鳴ってるぞ。看護師、看護師呼んでこい。いや、医者だ、呼んでこい、すぐにっ」

「ナースコール、こ、こ、これ？」

上ずった声で叫ぶ佳代も、手が震えている。可南子はこれまでに何度もこの警告音を聞いたし、じきにまた値が戻ることも知っていたので取り乱したりはしなかった。だがいつもより苦しそうな息遣いが気になって、考太の小さな手を握りながら答えを求めるように、機械の値を凝視する。

「待っててもだめだ。おれが行ってくる。おじいちゃんが助けてやるっ」

佳代の手から奪うようにしてナースコールを押し続けていた謙二は、そう言ってあっという間に出て行った。可南子は啞然としてその後ろ姿を見ていたが、でもその父の行動が考太を救ったのだということが後になってわかった。その時の考太の状態はいつもの呼吸苦ではなく、呼吸不全をまねく手前のものだったということを医師に聞かされたからだ。

「息子さんは？　今は家で留守番かな」

染谷部長と子供のことを話すのは初めてだった。

「いえ、もう長いこと実家で預かってもらってます。私が休みの時に会いに行ってます」

考太を実家で暮らす両親のもとに預けて、もう六年になる。

「そうか。いろいろと大変だなあ、きみも」

「まあ……」

大変という言葉に何か深い意味が隠されているのだろうかと勘ぐりながら、可南子は笑顔で応える。

「実家はどこだっけ」

「宮城県登米《とめ》市の佐沼というところです。仙台から一時間三十分ほど車で行ったところです。うちの実家は新聞の販売店をやってまして……」

四年間ずっと同じ距離を保って働いていた染谷部長と、少しだけ込み入った話をした。部を去るときにふと距離が縮まるとは。人との距離なんてそんなものなのかもしれない。

2

新幹線で仙台に向かいながら、仕事の資料を眺めていた。運動部に異動して初めての仕事が「プロ野球十二球団合同トライアウト」の取材だった。詳しい内容も選手の顔もわからない自分が行っても大丈夫だろうか、とデスクの吉田《よしだ》に思わず訊いた。すると、「たいしたニュースは出ないと思うから、大丈夫なんじゃない。一度目は仙台球場だから近いし、気楽に行ってきてよ」

と温かくも冷たくもないあっさりした口調で言われた。毎年やってることだから前年の新聞を見てね、と吉田が言ったので慌てて過去五年分の記事をコピーしてきた。

今手元にあるのが記事のコピーと、インターネットから印刷した「十二球団合同トライアウト」の概要だ。東京駅を出発してから郡山を過ぎたところまでで理解できたのは、戦力外通告を受けた選手が、もう一度どこかの球団に入団するために受けるテストということだけだった。チャンスは二度。例年東と西の球場で一度ずつ実施されるが、今年だけは例外的に二度とも東で行われる。

「ああ……滅入るなぁ」

思わず口にする。腕時計を見て、今この時間、校閲にいたときはこんなことをしていたなどと思ってしまう。新しい環境を楽しんだりはもちろん、すぐに馴染めるほど可南子はもう若くはない。

なんでまた運動部なのだろう。可南子は膝に載せていた資料を鞄の中にしまってまた考えた。まったく経験のない部署で可南子が使い物にならないことくらい承知なはずだ。

「プロ野球とは、もう関わりたくないのに……」

自分だけに聞こえる声で可南子は呟く。

ようやく馴染んだ校閲部から放り出すようにして外勤を言い渡せば、いいかげん音を上げて辞めるとでも思っているのだろうか。

校閲部ではきちんと仕事をしてきたと思う。染谷部長が「わが部のエース」と言ってくれたが、ただのお世辞ではないと自負している。すべての集中力をもって、どんな誤字脱字も拾い上げてきた。事実関係や記録に関しても自分の記憶に頼らず、丹念に調べ直した。力不足を理由に校閲部をお払い箱になったとは思えない。

車両がトンネルに入り、窓の外が真っ黒になる。窓ガラスに映る自分の顔を見た。九年ぶりに外の世界に出され、どこまでできるか試されている……？　窓ガラスの中の不安げな顔から、目を逸らすように、可南子は再び資料に視線を落とした。

仙台球場を目にすると、意外にも懐かしい思いがじわりと胸を満たし、気持ちが昂ぶった。地元なので子供時代に何度かは訪れたことがあるし、仙台支局に配属された新人の頃には高校野球の取材で何度も通った場所だった。数年前に改装されてから外観は新しくなったものの、やはり球場の佇《たたず》まいは昔の名残がある。

頭の中でざっと引き算をしてみる。十五年ぶりの再会だった。

「はじめまして。全日《ぜんにち》新聞の久平です」

記者室にいる他社の記者たちに名刺を配りひと通り挨拶を済ますと、自社の名前が書かれた席に荷物を下ろす。ほとんどがスポーツ新聞の記者たちで、可南子のように一般紙の記者としては地元紙が来ているだけだった。

「久平さんですか」

突然声がしたので驚いて振り向くと、可南子より少し年上くらいの男性の顔があった。

「吉田さんから連絡もらいました。うちの新人が行くからよろしくって。スポーツは初めてだからいろいろ教えるようにって言われましたよ。でも女性で美人だということは聞いてませんでした」

人懐こい顔で微笑むと、男性は名刺を手渡した。西川裕司《にしかわゆうじ》と書かれた名刺には、全国紙のスポーツ新聞社の名が印刷されている。

「吉田デスクが？」

「そう。ああ見えて神経細かくて。特に女性には」

吉田は大学時代のボート部の先輩なのだと西川は言うと、「人使いが荒いので有名でした」と付け加えた。

女性などと言われ、可南子は下を向いた。若い頃はそれなりに着飾り、流行の服も好んで身に付けていたが、むしろ今はできるだけ目立つことのないようにと心掛けている。マンションと会社の往復の中でそうしたものは必要なかったし、人にどう見られても気にしないという強い気持ちが、外見まで地味に変えていった。

でも今回、人に会って取材をしないといけないのでいつもより丁寧に化粧をし、新調したスーツを着ている。それだけで少しは女性らしく見えるのだろうか。

柚奈に言わせると女性の外見はプレゼントの包み紙らしい。きれいで可愛い包み紙でないと、中身を見ようとも思われないのだそうだ。柚奈の話を聞いて、心の中でそれならなおさらつまらない包み紙でいいと思った。

「ぼちぼち始まるみたいですね。行きましょうか」

西川が言った。のんびりとした口調だった。西川の後についていきながら、可南子はほっとしていた。正直、どのように取材を始めたらいいか、まったくわからない。

グラウンドまで続く薄暗い通路には油のようななんとも言えない匂いがした。何の匂いかと西川に訊ねると、彼は首を傾げて苦笑し、

「グラブの匂い、ですかね。それプラス汗、埃、黴《かび》、体臭などなど。今まで分析したことなかったですよ」

と教えてくれた。つまらないことを訊いてしまったと可南子は俯《うつむ》く。

薄暗いダッグアウトからグラウンドに入ると、太陽が眩しかった。手入れされたグラウンドは美しく、土のしっとりとしたこげ茶と芝の緑のコントラストが鮮やかだ。

「きれい……」

思わず呟いた。太陽というスポットライトに照らされた、神々しい場所だ。

「あれ、この球場は初めてですか」

西川が言った。

「いえ。入社したての頃、高校野球の地方大会の取材で来ました……でもその時は観客も

多かったし、応援も熱気もすごくて。球場がきれいだというような感想は持たなかったです」

実際のところ当時の可南子には景色を楽しむ余裕はなかった。地域版の記事を書くために、とにかく必死だったのだ。百行近い記事を書くように言われ、頭にあったのは締め切りに間に合わせることばかりで……。

「入社したての頃ですか。その年の夏の甲子園はどこが出場しました？」

西川が訊いてきた。

「たしか……あれ、どこだったかな。……ど忘れしました」

あれだけ毎日高校野球の記事を書いていたはずなのに、と可南子は焦る。

「入社したてというと……何年になりますか」

「それはさすがにわかります……平成七年です」

「平成七年の夏ですか。じゃあ宮城大会で優勝したのは宮城北英だ」

「あ。そうです。宮城北英高校です」

「たしか決勝では仙台高校とあたったんだ。接戦の末、一点差で北英が勝った」

と当時のデータを再現したので、可南子は驚いた。

「……すごい記憶力」

「って商売ですから」

「でも、すごくないですか」

「実はぼく、アマ野球担当が長いんです。しかも筋金入りのスポーツおたくだから。多いんですよ、うちの会社はスポーツおたくが。リアルタイムの実況アナウンサーのごとく、プレーを再現できる奴もいる」

「スポーツ好きな人がスポーツ新聞を作るって、なんかまっとうでいいですね」

可南子が言うと、西川は「単純ですけど、職業の選択としては正解かもしれませんね」と笑った。

「あっ、始まる」

西川がグラウンドに顔を向けた。各々でウォーミングアップしていた選手たちが、ポジションにつく。一瞬にしてその場に緊張が漲《みなぎ》る。

選手たちは、解雇された時に所属していた球団のユニホームを着てテストに臨む。西川に訊くと、それがトライアウトの規則なのだという。本来、解雇通告を受けた選手は球団のユニホームは着られないことになっているが、このトライアウトでは元の球団のユニホームの着用が義務づけられている。

「十二球団のユニホームが揃う光景なんて、オールスターで見る以外はないでしょう。まあこっちはオールスターとは対極の、選手たちの真剣度がありますよ」

「本当……。選手たちに笑顔はまったく見られないですもんね」

「そりゃそうです。オールスターが夏で暑いのに較べてこっちは冬ですしね。心身ともに極限まで引き締まってますよ。えっと……、テストはシート打撃方式で行われるって知ってますよね。投手でテストを受ける選手も、打者でテストを受ける選手も、三打席ずつです。まあスカウトの希望があれば最大五打席はチャンスがあるんですけどね」

「たったそれだけですか」

「そうです。たったそれだけ」

戦力外通告を受けた選手たちの復活がどれほど厳しいか、その説明だけでわかるような気がした。

「あっ。次の打者、柏田智貴《かしわだともき》。ここにいるスポーツ紙の記者はほとんど彼を見に来てるんです。この選手の合否は記事になる」

西川は呟くと、視線を打席に向けた。彼の言うとおり、記者たちはバックネットの後ろ辺りに集まり真剣な表情で彼のバッティングを見据えている。投手が一球投げ込むたびに、何かメモを取っているので、何をしているのかと西川に訊くと、「球種をメモしているんです」と教えてくれた。

可南子も慌てて打席に立つ選手に注目した。柏田はプロ野球に疎い可南子も知っている名前だったから、相当有名な選手に違いなかった。

他の記者たちと同様に打者を見つめていた可南子だったが、新たにマウンドに立った投手からなぜだか目が離せなくなった。

ボールを投げる前、空を見上げて何かを探すように視線をめぐらす仕草が、可南子の心を惹きつけた。

長い腕を大きく振りかぶり、右足を高く上げた後、左腕を地面に叩きつけるように振り下ろす独特の投球フォームも、どこかで見た記憶として心に留まる。

とても大事な記憶のような気がして、慌てて手元の資料を繰って投手の名前を確認しようとしたが、その間に彼の登板は終わってしまった。

記者たちの多くは、柏田の出番が終わるとバックネット裏を離れていったが、可南子はその投手が投球を終えマウンドを降りるまで、彼の姿を目で追っていた。それからしばらく、靄《もや》のかかった記憶を辿ることを無意識に繰り返した。だが何度試みてもその投手が誰なのか、なぜこんな気持ちになるのかという答えは見つからないままだった。

選手のロッカー室から続く長い通路に、記者が集まっていた。西川に促されその集まりの輪の一番外側に加わると、中心に柏田智貴が立っているのがわかった。

「手応えはどう」

という記者の質問に、柏田が首を傾げる。

「実は、さっき着替えしてる最中に携帯電話に連絡があったんですよ、うちのマネージャーから。今のバッティングをみた韓国のプロリーグが、ぼくを欲しがってるって」

困惑した表情で柏田が話す言葉を、記者たちはメモ帳に書き付ける。

「速攻だね。もう連絡きたんだ」

輪の一番外側から、西川が言葉をかける。

「そうなんです。早く返事が欲しいからって。ぼくが断ったら第二、第三の候補にオファーしたいしって」

人溜まりの隙間から、西川に向かって柏田が答える。可南子にもやっと柏田の顔が見えた。まだ二十代だろうか、若く見える。

「それでどうなの、柏田さんは？」

別の記者が質問を飛ばす。

「ぼくは……国内で野球がしたいんです。その方がやめた時に有利じゃないですか。将来的には日本のプロ野球界で仕事をしたいから、いったん外国に行ってしまうと戻ってきて職を探すのが大変だって聞いてますし……」

韓国のプロ野球チームの話は断るつもりだ。まだ他の球団から連絡がくるかもしれないし、待つつもりだと柏田が答えるのを、可南子もノートに記していく。

隙間に耳を差し込むようにして、柏田と記者とのやりとりをノートに書き付けていると、ふと視線を感じた。誰かが自分を見ている気がして、体を起こし、輪から抜けて、周囲を見渡した。

やっぱり、自分を見ている人がいた。男性ばかりの記者の中で、女性の自分が珍しいのだろうか……。大きなバッグを肩にかけた背の高い男が、可南子を見ていた。男は通路をこちらに向かって歩いてくる。出口に向かっているのだろう、ゆったりとした足取りだった。

すれ違う時、男がさっきマウンドにいた、可南子が名前を知ろうと必死で資料を繰っていた投手だということに気がついた。不自然に目が合ったままだったので、可南子はその緊張に区切りをつけるように会釈をした。男は目を逸らし、通り過ぎていく。

可南子は振り返り、男の後ろ姿を見ていた。呆然とその姿を見送りながら、再び記者たちの輪に加わり、可南子は胸がざわつくのを感じていた。

取材が終わり、仙台球場の記者席で原稿を書いてパソコンから会社に送ると、吉田デスクから「明日は休んでいいから」と言われた。素っ気無い彼の物言いにも慣れてきていた。特に思いやりのあることを言うわけでもないが、彼は突然異動してきた可南子を疎ましく思っているわけではなさそうだった。そんな風に思えるくらいに、少しずつ吉田デスクを理解している。

休みをもらったから佐沼の実家に寄って帰ろうとすぐに思いついたが、突然ひとりで戻るのを躊躇《ちゅうちょ》して、柚奈と連絡をとることにする。考太には一分でも早く会いたいけれど、可南子にとっては実家の敷居はやはり低いものではなかった。

球場を出て、仙台駅に向かって歩きながら携帯電話で柚奈に電話をかけた。街路樹を揺らす冷たい風が吹きつけ、本格的な冬の始まりを感じさせる。

「今日は無理だから、明日の朝にでも顔出すわ」

電話越しに、柚奈が返してきた。

「無理って、どうして？　ちょっと遅くなってもいいから、帰っておいでよ」

実家で謙二と気まずい雰囲気になることが嫌だった。柚奈が側にいれば、自分が無口になっていてもその場は和むはずだ。

「今日は予定ありってことで。お姉ちゃん一人で帰ればいいじゃない。お姉ちゃん、前に考太に会ったのいつ？」

「……ひと月ほど前かな」

「そんな前？　母親とは言えないね」

「……異動があってばたばたしてたから。今の部署は休みも不定期だし」

「早く帰りなよ。考太、喜ぶよ。あの子また背が伸びたんだから」

考太の名前を出され、可南子は一人で実家に帰る覚悟を決めて電話を切った。帰ることを決めると、急ぐ気持ちが強くなり、可南子は路上に停まっているタクシーに向かって早足になる。

「ただいま」と、事務所兼販売店のガラス戸を開けて家の中に声をかける。店の前に並ぶカブや、家全体に漂う新聞のインクの香りが、帰省したことを実感させる。

「はあい」

事務所から家の中に続くドアの向こうから、佳代の間延びした声が返ってくる。佳代がドアを開け、

「あら早かったのね。電話くれてから一時間も経ってないんじゃない？　考太、中にいるわよ」

と笑顔を見せた。

可南子は緊張していた。考太に会う時はいつもこんな気持ちになるのだが、彼がまだ自分を受け入れてくれるのか、とても不安になる。子供を実家に預けっぱなしの自分を、まだ母親として認めてくれるのか。いつか「育ててもらった憶えはない」と言われる日が来るのではないかと、本当はびくびくしている。

「あ。お母さん」

茶の間の座布団で寝転んでテレビを見ながら、考太が顔だけをこちらに向けた。少し前なら駆け寄ってきて両手を腰に回してくれたのに、と少し寂しい。

「まあ座りなさいよ」

佳代は言うと、考太の横に座椅子を置いた。可南子は考太を見つめるのに必死で、佳代の声などほとんど聞いていなかった。久しぶりに会うわが子はやはり可愛い。

「お母さん、いつまでいるの?」

考太がリモコンのスイッチを操作してテレビの画面を切ると、笑顔を見せる。

「明日の夕方かな。まだはっきり決めてないけど、休みは明日までだから明日中には帰らないといけないのよ」

「ふうん」

リモコンを指でいじりながら考太が呟く。

「考太ったら、なんで自分のお母さんに人見知りしてるの」

台所に立つ佳代の声が聞こえる。

「また背が伸びたね」

可南子は考太の顔をのぞきこむようにして微笑んだ。

「伸びた。二年生の中では当然一番おっきいし、三年生を合わせても、ぼくが一番だ」

自分に似ていない切れ長の一重瞼を見開いて、考太は言った。「大きい」を何度も重ね、誇らしげだ。

「仕事で来たの？」

「そう」

「今何やってるんだっけ？」

「スポーツの取材をしているの。取材っていうのは、話を聞いて新聞の記事にすることなんだけど」

短く刈り揃えられた首筋の毛に触れながら、可南子は言った。

「おじいちゃんは？」

可南子は家に入った時から謙二の姿が見えないことに気づいていたが、今思いついたようにして考太に訊いた。

「二階で寝てるんじゃない。もう明日の広告の折り込みは終わったから」

「そう……」

会話を聞いていた佳代が、夕食時には起きて下に来るだろうと言っていたが、結局、謙二は夜になっても姿を見せなかった。


夜になると一気に冷え込むからと、佳代は掛け布団に毛布を加えて、考太の部屋に敷いてくれた。いつもは考太ひとりで寝ている六畳の部屋に、布団が二組敷かれている。隣で寝息を立てている考太の顔を見つめ、可南子はもう何時間も寝つけないでいた。謙二と佳代が起き出して、朝刊を配達する準備を始める音が階下から聞こえてくる。ここで暮らしてきた十八年間、年に十回ほどある休刊日以外は、絶えず毎日聞こえてきた音だ。雨ニモマケズ、風ニモマケズ……宮沢賢治の詩を学校で習った時、自分の父と母のことだと思った。そう思ってなぜか恥ずかしくなり、恥ずかしくなった自分が嫌になった。誰にも負けないように生きていこうと思っていた。誰よりも努力して、まっとうに進んでいこう。中学も高校も、人の何倍も勉強した。地元の大学に進もうと思っていたが、試しに受けた東京の大学に合格し、両親や学校の先生にせっかくだからと勧められ、費用はかかるけれど一人暮らしをさせてもらった。

実家が取り引きしている新聞社に記者として採用された時も、両親は喜んでくれた。謙二などは、本当に会う人すべてに報告するといった具合で、それが何だかたまらなかったけれど、嫌ではなかった。

迫ってくる暗鬱とした想いに、可南子は何度目かの寝返りを打つ。こんなに過去のことを振り返るなんて、久しぶりだった。

考太を産もうと決めたのは、可南子ひとりきりの決断だった。考太の父親は、可南子が妊娠していることを知らなかったはずだ。

「これ以上続けているといつかマスコミにも書かれる。おまえのためにならないから」

とてもありふれた陳腐な言葉で男に別れを告げられた日の夜、可南子はゴシップネタを載せる写真週刊誌に別の男といるところを写真に撮られた。不運な偶然としか思えないタイミングで、これまでなんの面識もない片岡信二という男と一緒にいるところを、捉えられた。

片岡信二はプロ野球選手だった。だが可南子と一緒にいた日の翌朝、八百長賭博疑惑でプロ野球界を追放されることになる。

事件はそれなりにスポーツ紙を賑わしたので、当時の一件を記憶している人たちは、謙二や佳代も含めて、考太の父親は写真の男だと思っている。可南子自身、あの時は片岡とのことに振り回され、男との別れを悲しみ嘆いている余裕もないくらいだった。無責任な噂や中傷に飲み込まれている間に、恐ろしいほどのスピードで時間が流れ、気がつくと自分でも思いもつかなかった場所に辿り着いた。そんな気持ちだった。

でも、時々ふと思うことがある。本当にあれは不運な偶然だったのだろうか――。

そんなことを考えていると、店の前に並ぶカブが動き始める音が聞こえてきた。控えめなエンジン音が鳴り響き、働き者で従順なカブたちが出動する。柚奈は小さい時、カブを飼い犬に見立てて名前をつけていたことがある。タロウ、シロ、ラッキー……珍しくシルバーメタリックの車体のものには銀ちゃん。憶えている限りの愛称を頭の中で羅列していくと、少しずつ眠気に引きずられていく。羊を数えるような感覚で。

考太に起こされて、目が覚めた。いつ目覚ましのアラームが鳴ったのかと訊くと、ついさっきまでずっと鳴っていたよと考太が言う。階下ではすでに朝が始まっていて、バイクの音や従業員と話している謙二の大きな声が聞こえてくる。

とりあえず着替えだけすませて居間に顔を出すと、柚奈が来ていた。テレビを見ながら朝ごはんを食べている。考太も朝ごはんの途中だったようで、柚奈の隣に座ると、時間を気にしながら、目玉焼きを食べ始めた。

「おはようお姉ちゃん。よく寝たみたいで」

「いつ来たの？」

「さっきよ。お姉ちゃんが来いって言ったから。あ、ちょっと待って、テレビ。星占いやってる。てんびん座の考太は……、五位だって。怪我に注意しなさいってよ。お姉ちゃんはしし座……お、一位じゃん。大きな転機が訪れるかもって」

佳代が用意してくれた朝食を、可南子も食べ始める。いつもは朝食を抜くか、トーストとコーヒーをとりあえず腹に入れるくらいなので、実家に戻るといつも、朝の味噌汁がどれほど美味しいかを再認識できる。

「じゃあぼく行ってくる」

食べ終えた食器を流しに運び終えると、考太が言った。自分が戻ってくる時はまだ家にいるんだよね、と可南子に確認し、「待ってるから大丈夫よ」と答えると、わかったというふうに頷く。柚奈が隣で「私は昼から仕事にいくからいないよぉ」と笑って手を上げる。

考太がランドセルを背負って慌しく家を飛び出していくと、家の中がとたんに静かになった。

「どうかしたの？　突然帰ってきて」

柚奈が訊いてきた。

「プロ野球のトライアウトの取材。仙台球場であったのよ」

「今何してるんだっけ？」

「運動部。要するに、スポーツ全般の取材かな」

「いいじゃない。スポーツ選手でかっこよくてお金持ってて将来性のある人がいたら紹介してよ。さらに性格もいい人なら最高」

にやにやしながら柚奈は言う。

「そんな良い人なら柚奈には会わせられないわ。柚奈だけは避けるように言います。……で、あなたは今なんの仕事してるの？　前の勤めはやめて、新しいところで働いてるんでしょ」

「今？　短期のパートって感じかな」

「それで大丈夫なの？」

「さあ……不況だから難しいんじゃないの、正社員で就職見つけるの」

「そんな他人事みたいに……」

「頑張っても報われないなら、諦めた方が楽じゃない。現状に合わせるっていうの？」

可南子は溜め息をつくと、空いた食器を片付け始める。柚奈は昔から頭の回転が速く、学校の勉強はできる方だった。飲み込みも早くて応用力もある。子供部屋で机を並べていた姉の自分はそれをよく知っている。でも致命的なことに忍耐力と向上心がまったくといっていいほど無くて、彼女はいつもどうでもいいような場所で漂っている。親ですら、柚奈が賢いことには気づいていないので、可南子が無理やり地元の大学を受けさせて合格した時は、両親ともに神棚に手を合わせていた。感謝というより、奇跡に手を合わす感じで。

何かをきっかけにこの妹が変わることを期待してきたけれど、そんな機会はもう訪れないのだろうか。

「それにしてもさあ、お姉ちゃんも相変わらずだね。異動があったっていうからなんか目新しくなったかと思って調査に来たのに。化粧品にもっとお金かけてもいいんじゃないの」

「勝手に人のバッグ覗いたの？」

「肌のお手入れはきちんとやっといた方がいいよ。いくら美人だからって、四十過ぎたら日々の努力がものをいうんだから」

「別にいいのよ、今さら」

「いやいや、まだこれからでしょう。なにか劇的な変化があるかも」

「そんなねえ……三十も半ばを過ぎた独身女の生活が劇的に変化することなんてないのよ。

毎日を平穏に過ごす。これが最大の課題よ」

流し台にあった食器を洗い終えると、可南子はコーヒーを入れて柚奈の隣に座った。

「あ、そうだ。考太ね、野球チームに入ったんだよ」

リモコンを操作してテレビの画面を消すと、柚奈が言った。可南子は思わず「ええ」と声を上げた。

考太は可南子が野球を嫌っていると思っていて「お母さんには内緒にしておいて」と言っているらしかった。たしかに彼の前で何度も、「プロ野球は見たくないから」とテレビのチャンネルを変えさせている。それを野球嫌いととってしまったのだろう。

体格のよい、運動神経もある考太は二年生だけれど、素人の自分が見ても目立って巧いのだと柚奈は言った。ポジションは定まってなく、そのつど変わり、どこもそつなくこなしている。柚奈が見たように話すので、「どうして知ってるの」と訊くと、「練習も試合も何度かは見に行った」と言うので驚く。

「おもしろい話があるのよ」

くくっと柚奈が思い出し笑いをする。

ある日、考太が野球の練習から帰ってきた。帰ってくるなり、ユニホームのまま二階の納戸に閉じこもって出てこないので、柚奈がそろりと襖の前に立って様子を窺っていたの

だという。中から啜り泣く声がしたので「なんで泣いてるの」って訊いたら、

「柚ちゃん、ぼく悔しいんだ」

と考太は大人びた口調で言った。どうしたのかさらに理由を訊ねると、少年野球の練習に、時々だけれど顔を出す男の子がいるのだという。正式に入部しているわけではなさそうだが、コーチも監督も彼の存在は認めていて、それでたまに守備についたり打席に入ったりする。ユニホームは着ておらず学校の体操服で練習に参加するから規則違反だし、どこか気に入らない。喋りかけても無視するわりには、いつも笑っているような顔をして偉そうな様子なのだ。

「ぼく、その子に酷《ひど》いことをしたんだ。どこの学校だとか、何年なのかって訊いてるのに無視するから……」

スポーツ選手は礼儀が大事なのだといつも監督から教わっている。だから、人の話を無視する奴は礼儀知らずだと思って……と考太は言い訳した。

「思い切り投げるぞ、受けてみろ」

考太はそう大声で予告すると、彼の背中をめがけてボールを投げた。考太より体ひとつ小さい彼は、捕球も投球も上手で身のこなしも軽い。自分の投げた球も、ふり向きざまにキャッチするものだと考太は思っていた。本当に、心の底から、キャッチするものだと。

「で、当てちゃったの？」

可南子は柚奈に訊いた。話の流れからいくとそうしかないと思った。

「うん。当たったらしい。思いっ切り」

子を持つ親なら許さないだろう気楽さで、柚奈が答える。

考太の放った力一杯の速球は、彼の左右の肩甲骨の間を撃った。屋上から地面に物が落ちた時のようなくぐもった鈍い音がして、彼は前のめりに倒れた。慌てて駆けつけると、苦しそうに喘《あえ》ぐ彼の目に涙が溢れていた。

「耳が聞こえない子ぉ、だったんだ……」

考太は監督に怒鳴られて初めてその事実を知った。言われてみれば、彼が自分を無視するのは、後ろから声をかけた時だけだったじゃないか。目を見て話すと、それなりに首を傾げたり笑ったりしてくれたじゃないか……。

「それで反省して泣いてたの？　あの子」

柚奈の話を聞きながら、可南子も辛くなった。ボールを当てられた男の子の苦しみや、そのことで心を痛めたに違いない息子のことを思うと、自分も涙が出そうになる。

「まあそれもあるけど。でも、考太の笑えるところは、耳が聞こえないのに自分より野球がうまくて悔しい、って最後は涙の理由が変わってたとこなのよ」

それにしてもこの一件は監督が悪い、と柚奈は言った。監督がその耳の不自由な子供の存在を、他のチームメイトに伝えておくべきだったと。特別扱いするならその理由を明確にしておかないと、いくらちびっこ野球だからといって不満が噴出するに決まっている。

「その男の子、考太と同じ年らしいわ。学校は聾《ろう》学校に通ってるから違うみたいだけど。監督の知り合いなんだって」

打球音が聞こえないのにボールにちゃんと追いつくなんてすごい、と考太がやたらに彼のことを尊敬しているのだと柚奈は笑った。

「耳の聞こえない男の子って、昔、うちにもいたでしょ。お姉ちゃん憶えてる？」

柚奈が言った。竹下《たけした》くんのことだと可南子はすぐに気づく。

「竹下くんでしょ」

「うん。今どうしてるんだろうな。お姉ちゃんと同い年だったから三十八か。しっかり働いてるんだろうな」

竹下くんは、昔うちの販売店で新聞配達のアルバイトをしていた男の子だ。当時高校生の可南子は構えてしまってほとんど話さなかったけれど、四歳下の柚奈とは仲が良かった。仲が良いといっても彼は耳が聞こえなかったので、柚奈がどうやって意思の疎通をしていたのかはわからない。彼は唇を読むことができたけれど、柚奈は手話なんてもちろんできない。

「竹下くんは柚奈の初恋の人よね」

からかう口調で言うと、

「そうそう。めっちゃ好きだった。カメラ少年だったたね」

柚奈は意外にも真剣な口調で答えた。「竹下くんより好きな人、現れてないかも」

真面目な青年だった。知り合いに頼まれて、謙二も積極的とはいえない感じで採用したのだけれど、高校一年から大学を卒業するまで、彼は一度も欠勤することなく新聞を配り続けた。

「お姉ちゃんは途中で東京の大学に行ってしまったから、竹下くんのことさほど知らないでしょ。竹下くんを語る権利はないのよ」

自分は浪人中の竹下くんも、大学生になった竹下くんのことも知っているのだと、柚奈は勝ち誇る。

カブに乗って走るのに、耳が不自由だと危ないからと、謙二は初めのうち自転車で配達させた。もちろん配る部数はカブより少なくして。でも他のアルバイトがやめたり住み込みの奨学生が音を上げて出て行ったり、いつしか竹下くんは一番の働き手になっていた。

「考太の話じゃないけど、たまにクレームきたよね」

懐かしそうな目をして柚奈が言った。初恋というのも冗談ではなさそうな、珍しく穏やかな表情で。

挨拶をしても無視する、愛想の悪い新聞配達員として、時々お客さんから文句を言われることがあった。「旅行に行くので、その期間新聞を止めてほしい」という言葉を聞き取れず、ポストに新聞を溜めてお客さんをなくしてしまったことも。失敗をするたびに、深く頭を下げて詫び、なかなか顔を上げない竹下くんのことを、可南子もよく憶えている。

「竹下くんのせいじゃないのに」

柚奈はあの当時も、「竹下くんのせいじゃないよ」と彼に声をかけていた。その後、クレームをつけた客にちょっとした仕返しをしにいくのも、柚奈の仕事だった。仕返しといっても小学生の柚奈にできるのはクレームをつけて新聞をやめた客の家の前に大量の犬の糞バクダンを置くくらいだったけれど。糞バクダンを作るために道端の犬の糞を掻き集めている柚奈に、近所の人が「偉いなあ。掃除か」と微笑んでいた。柚奈の目を見ればボランティアなんかではなく、復讐に燃えているそれだとわかるのに……。

「竹下くんならきっと、一所懸命真面目に生きてるんだろうな。会いたいなあ」

柚奈が呟く。

「会いに行ったら？　まだ独身かもしれないよ」

「だめだわ。今の私なんか見たら幻滅される。そういうのはだめよ」

照れたように首を振ると、柚奈は笑った。柚奈が自分の現状をよしと思っていないことがわかり、意外だった。

「そうだ。竹下くんの話で舞い上がって言い忘れるとこだった」

「なに？」

「考太、知ってるみたいよ」

柚奈の言葉に、息をするのを忘れてしまう。

「知ってるって……何を」

「九年前のこと」

「九年前……の」

「あの週刊誌の記事、誰かに渡されたみたい。記事のコピーがあの子の机の引き出しにあった。ちいちゃく折りたたんで。たぶんあれは隠してあった感じだね」

少年野球のチームに入ったことを、考太が可南子に黙っていた理由が明白になった気がした。きっと母が「野球嫌い」なわけを八歳なりの頭で考えたのだろう。

「実は私、訊かれたのよ、考太に。柚ちゃん、ぼくのお父さんのこと知ってるか、って。知らないって返しておいたよ。だってほんとに知らないし。可南子はけちだから教えてくれないのよって言っといたわ」

柚奈はそれだけのことを話し終えると、これから出勤だからと立ち上がった。本当に、可南子に顔を見せるためだけに来てくれたのだと知り、律儀な妹に慌てて礼を言う。

可南子は考えがまとまらず言葉少なに彼女を見送ったけれど、もしかすると、柚奈はこのことを伝えるためだけに実家まで来たのではないかと思った。

考太に、彼の本当の父親のことを教えてやれるのは自分しかいない。そう考えると、憂鬱な気持ちで喉が詰まってくる。すべてを話すことができたらどれほどいいだろうかと思う。だが真実を教えたところで、きっと考太は幸せにはならないだろうという確信が、自分の口を閉ざさせる。自分の過去が息子を不幸にするものだとしたら、そんな過去はない方がいい。

ぐすぐすと泣きながら黙々と犬の糞を拾っている小学生の柚奈の映像が、なぜか頭の中に浮かんだ。

3

本社に戻るとすぐに、あの投手のことを調べた。実家から東京に向かう新幹線の中でも、マウンドから空を見上げていた投手のことが頭から離れなかった。暗い通路で目が合ったあの選手は誰だったのだろうと、なぜか何度も繰り返し思い返した。

いつまでも頭の中で明確にならない記憶を辿っていても仕方がないと思い、トライアウトの参加選手の名前をひとりずつひろっていくことにした。もう何年も考太以外の誰かに興味や関心を持つなんてことがなかったので、自分の執着に戸惑いながらも、その理由を知りたくて、必死に調べた。

そうして、ひとつの大切なシーンが頭の中に呼び起こされる。

そうだった。彼の名は深澤翔介《ふかざわしょうすけ》。

今から十五年前、甲子園球場のマウンドに立つ十八歳の深澤翔介は、世界の不幸をすべて背負ったような顔をしていた。たしか延長戦だったと思う。あとひとり打ちとれば、優勝が決まる瞬間だった。背負うランナーは一、三塁。

深澤は大きく深呼吸をして空を仰いだ。二十三歳の可南子も、思わず同じように空を見た。晴れ渡った青空には、球児に似つかわしい真っ白な雲がかかっていた。

深澤は捕手のサインに覚悟を決めたかのように深々と頷くと、祈りのポーズよろしく両手を胸の前で小さく構えセットポジションに入った。捕手を睨みつける。

一塁スタンドから打者を煽るブラスバンドの応援曲がかき鳴らされる。曲目はエイトマンだったたか。

ランナーを横目でけん制した後、深澤は弓なりにしなった体軀から渾身の一球を投げた。

スタンドにいる誰もがエースの一連の動きを凝視していた。バットに捕らえられた白球は掠《かす》れたような金属音とともに、ゆっくりと天空に弧を描く。五万の観衆が打球の行方を追った。

そして浮き上がった打球がセンターのグラブに吸い込まれると同時に、地響きのような歓声が甲子園球場を包んだ。

優勝投手の深澤が派手なガッツポーズで大きく跳ね上がると、ナインがその周りに駆け寄ってきた。笑顔の深澤を中心にして、球児たちの白い渦が褐色の土の上でくるくると回っていた。

「深澤？」

映りの良くないテレビ画面を凝視するように、十五年前の記憶を頭の中で再現していると、いつの間にか後ろに人が立っていた。

「深澤翔介？　彼もトライアウト受けに来てたんですか」

運動部の池上《いけがみ》だった。入社は可南子より三年ほど後だが、彼も吉田デスクと同じでずっと運動部にいる。運動部では彼の方が先輩なので、

「ええ。顔を見てもピンとこなかったんですけど、夏の甲子園の優勝投手だったのよね。私、高校野球に詳しいわけではないけれど、その年の夏はずっと高校野球漬けだったの」

と敬語まじりの中途半端な話し方で可南子は答えた。

「そうなんですか」

「ちょうど記者一年目の年でね。夏のおもな仕事は高校野球の取材だったの。宮城の地方大会からずっと見ていて……。その年は北英が甲子園に出場したんだけど、それがなんと甲子園で優勝までして……。その時のヒーローインタビューがすごく印象的だったんです。今の気持ちは、ってインタビュアーに聞かれて、深澤選手、たしかこう答えたんです。勝

てたことは嬉しいけれど、今日がゴールではないから、って」

淡々と、担任の教師と進路相談している高校生の口調で、あまりにも盛り上がらないヒーローインタビューだった。深澤のすぐ近くでキャプテンや監督が意気揚々と、晴れやかな顔をしてお立ち台に上がっているのとは対照的だった。そんな中、どこかの記者が「じゃあきみのゴールはどこなの？　プロ野球に入ること？　プロで優勝することなのかな」と訊いた。

深澤の答えは、どうだったろう。思い詰めた顔をして考え込んでいたような気がする。ヒーローにふさわしくない沈黙だった。可南子は彼の答えを憶えていない。もしかすると、深澤選手はそのまま何も答えていなかったのかもしれない。

「深澤翔介……自分にとってはとても印象に残っている選手だったはずなのに、すっかり忘れてました」

あんなに心惹かれたシーンだったのに深澤をすぐに思い出すことがなかったことに、可南子は困惑していた。

「そんな昔のこと、普通に忘れてますって。久平さんが入社一年目ってどんだけ前ですか。十八の少年も立派におっさんになってるわけですよ」

「昔、昔ってちょっと言いすぎですよ」

可南子が軽く睨みつけると、池上はにやりと笑った。

「深澤ってたしか、高校出てから東栄イーグルスにドラフト三位で入って。けっこう活躍したんですよね」

池上も中途半端な丁寧語で言う。

「そうなの？　さすが、よく知ってるんですね」

「で、トライアウトはひっかかったんですか？　深澤はどっかの球団に」

「今のところは、どこかの球団が獲得するという情報は入ってこないですね」

「そうか」

「でも、二度目のトライアウトが千葉マリンスタジアムであるから。その時にまだチャンスがあるかもしれないし」

一度目と二度目のトライアウトは、だいたい二週間ほどの期間が空けてある。一度目で不合格になった選手は二度目に参加できることになっていた。

「それは厳しいですよ、久平さん。実際には二度目のトライアウトで決まることなんてほとんどないですから」

「そうなんですか？」

「一度目は結構見に来てたでしょ、球団の監督とか編成部長とか。自分の目で見ようとお偉方も来るんですよ。でも二度目はだいたいどこの球団も一人くらいしか見に来ないですしね。どうせないんだろうって頭だし」

次の球団がすぐに決まるような選手は、クビになった時点で何かしらの声がかかっているのだと、池上は言った。

「厳しい世界ですよ。まあこの会社もなかなか厳しいですけどね」

冗談めかして最後は笑うと、吉田デスクと目が合ったのか「おっと。原稿出さないと」と池上は席についた。


それからいくつかの原稿を書いた後も、可南子は深澤のことが気になっていた。かつて太陽の下で光り輝いていた彼と、一度目のトライアウトで見かけた彼とのずれが、胸の奥に重く引っかかったままだ。十八歳の少年がその後プロ野球に進んだことも、そこで一時華々しく活躍していたことも、可南子は知らない。その頃の自分は日々の仕事に追われ、野球を観る暇がなかったということもある。でも、ある時期からはあえてプロ野球の世界から距離を置くことにした。テレビや新聞記事の一切を、見ることをやめた。関心がなかったからではなく、むしろその逆だった。自分の気持ちを冷静に平常に保つためには、その方がよかったのだ。

だから、可南子の記憶の中で、深澤はまだあどけない高校生のはずだった。

「どうするんだろう……」

思ったことを会社で口にするなんてめったにないことなのだが、無意識に呟いていた。深澤だけではなく、今回のトライアウトで不合格になった選手たちは、この後の人生どうするんだろう。もちろんそうした選手は野球の世界に限らずごまんといる。コーチになったり、蓄えていた資金で事業を起こしたり、その後の人生はそれぞれだろうが、可南子は深澤翔介がこれからどうするつもりなのか、気になってたまらなかった。


仕事帰り、家の近くのスーパーで買い物をしている間も気がつくと、可南子は深澤のことを考えていた。深澤のというより、彼を球場で見ていた頃の自分のことを考えていたという方が正しいかもしれない。

大学を出たばかりで、仕事の全貌も何もつかめず、ただ毎日が慌しく過ぎていた頃の自分のことだ。忙しかったけれど疲労など感じることもなく、教えられたことを吸収していく……。

解放感。そうだ、とてつもない解放感があった。

大学進学の時に実家を離れ、東京でひとり暮らしを始めた。もちろん、その時も自由な空気を感じたけれど、でもそれはやはり親のおかげで得られた自由であって自分で手にした生活ではなかった。人並みにサークルにも入ったし、朝まで飲みに繰り出したこともある。彼氏と呼べるような相手がいたこともあって、人から見たらまさに楽しげな大学生活だったと思う。でもふとした拍子に実家の両親のことが思い出された。夜中の十二時を回る頃には、ああ……そろそろお父さんが起き出す時間だな、とか。明け方にどこかのバイクの音を聞くと、今自分のいる場所が、実家の二階の六畳間のような錯覚を覚えた。郷愁ほどの温かみはなく、習慣というほどの軽さでもない妙な感覚。自分に沁みついた小さな世界が、どれほど解放された空間にいても離れないのだった。

でも社会人になって、可南子はようやく新しい世界を手に入れた。仕事をすることで自分だけの、新しい時間を刻むことに、可南子は夢中になっていった。

そんな時に、あの人と出逢ってしまったのだ。出逢ったなんて言い方をしたら運命的な感じがするけれど、本当は運命でもなんでもない。ある人物を取材していた先に、たまたま知り合いだというだけで同席していた男。まだ二十代半ばだった可南子はその偶然を運命だと信じていたが、向こうにしてみれば一時の気分転換。縁日で金魚すくいをするような感覚だったのだろう。捕られる金魚は不意に訪れた出来事に、全身をうねらす。捕る人間はうすら笑いを浮かべている。自分とあの人との関係を振り返る時、可南子はいつもそんな光景を思い浮かべる。ただ金魚が心優しい飼い主に捕獲され、丁寧に飼われたのであればよかったのだけれど。

4

グラウンドを見渡すと、キャッチボールやランニングをしている選手たちが、黙々と体を動かしていた。声をかけるのすら憚《はばか》られるような、張り詰めた緊張感の中でグラブがボールを受ける音や素振りの音が、行き交っている。選手の数も、球団関係者の数も少なく、取材記者もほんの三、四人だけのひっそりとした空間に、可南子自身、身の引き締まる思いで立っていた。

千葉マリンスタジアムで行われるこの二度目のトライアウトの取材には、休みを利用することにした。「記事になる」ようなネタは特になかったし、自分自身の興味で行こうと思っただけなので、「取材に行きます」とデスクに言い放つ度胸はなかった。実際に二度目のトライアウトで採用になる選手はほとんどなく、参加する選手も十数人らしい。

目を細めてグラウンドにいるはずの深澤翔介を捜していると、いつの間にか隣に立っていた男性に声をかけられた。

「どちらの方です？」

ああ、そうだ。外勤記者をしていると見知らぬ人と話す機会が増えるんだった。長い期間ずっと内勤で働いていたから、そんなことにも緊張する。

「はじめまして」

社名を名乗り名刺を渡すと、新人らしく深く頭を下げる。年配の男性記者は宮下《みやした》と名乗り、「名刺をちょうど切らしてしまって。定年目前なんで、会社に名刺を作ってくれとも頼みにくくてね」と、冗談めかして自社のスポーツ新聞をくれた。

「一般紙がこの取材にくるなんて、なんかあるんですか。人モノか何かですか？」

記者は大きな欠伸《あくび》をしながら訊いてきた。特別にニュースになる選手はいなくても、連載などでひとりの人物を取り上げることがある。ニュース性より、その人の人生に重点を置く、それが「人モノ」取材だ。

「ええ……まあそんなところです」

オフなのに観にきたんです、なんて言うと余計に勘ぐられそうなので可南子はそう答えた。記者同士の会話というのはそれ自体が取材のようなところがある。雑談であってもそこそこ気を遣う。

「うちはねえ、あの選手ですわ」

訊ねたわけではないのに、宮下は自分がどの選手の取材に来たか教えてくれた。可南子がその選手に詳しくないのを知ると、かつて158キロの球速を記録し、当時の日本人最速投手の称号を手にしたこともあるのだと説明してくれる。たいていの記者がそうであるように、彼は人当たりが良く親切で、滑らかな話し方をする。

「私は深澤投手を見にきたんです」

宮下のおしゃべりにつられて、可南子は言った。思わず自分のことを話したくなる。そんな話術を彼は持っていた。

「そうなんですか。深澤かあ」

なるほどといった口調で宮下が頷く。

「そうか、彼も戦力外通告されてたんですね。彼がルーキーだった時、ぼくはちょうど東栄イーグルスの担当でね。取材したんですよ。ドラフト三位、一九九六年には防御率でベストテンに入るほどの投手だった」

宮下は懐かしそうに言った。

「すごいですねえ……とっさにそれだけの情報が思い出せるなんて」

この人の頭の中にはどれだけのデータが入っているんだろうか。

「長年やってますから。例えば一般企業の営業だって、自社の製品を見せられたら何年物の、どれくらい売れた商品なのか答えられますよ。まあその程度です」

と言いながら、自信ありげな笑みを浮かべて、宮下は目を細める。

「えっと、久平さんでしたっけ、あなたは最近野球担当になったの？　見ない顔だから」

「はい。長いこと内勤やってたんで」

「内勤？」

「校閲です」

さして若くもない女性記者がこの年で外勤に異動することは、どこでも珍しいことなのだろう。宮下の怪訝《けげん》そうな声を可南子はそう受け取った。

「そんな優秀な人が、なんでまたスポーツに」

「優秀……じゃないですが。なんでまたスポーツなんでしょうね」

「校閲なんて部は、政治や一般常識から国際のこと芸能なんかまで、ありとあらゆる知識がないとできないじゃないですか。自分みたいな野球人間にしたら神様揃いの部ですよ。なおかつ細かい作業に向いてないとできない」

すごいな、と大げさにすら見える溜め息をつき宮下は言った。可南子はなんだか照れてしまい、首を傾げる。誇りをもって仕事には向かっていたけれど、社内ではそういう褒め方をしてくれる人はいない。むしろ間違いを見つけられず、後になって責められることは山のようにある。

「でも異動になって、スポーツには全然詳しくないから苦労してます」

可南子は素直な気持ちで打ち明ける。苦労してます、なんて何年ぶりに人前で口にしただろう。宮下が「そうでしょう。でも頑張って」と手を差し出す。それが握手を求めているのだと気づくまで、数秒かかった。

「始まりますよ」

宮下の声でグラウンドに目をやる。一度目のトライアウトにはない独特の雰囲気が漂っている。可南子がそのことを宮下に伝えると、

「悲壮感ですよ」

と返ってくる。

「二度目のトライアウトで決まることはほとんどない。選手たちもよくわかってる。一度目の時は期待半分、諦め半分で参加してくる選手も、二度目は諦めが大半ですよ。思いを断ち切るために記念受験してくるやつも多いんじゃないかな」

「記念受験、ですか？　トライアウトで失敗したら思いを断ち切れるんですか？」

「それは人それぞれですね。諦めて第二の人生を歩む者もいれば、そうでない者も。プロ

の選手は野球エリートばかりだからね。球団をクビになってもまだまだ自分はできると信じてる。かつては150キロの速球を投げてたんだからと」

ブルペンで投げる投手も、打席に入る打者も、可南子から見ればなぜクビになったかわからないくらい機敏な動きで球に反応している。プロの世界は厳しいんだと言われてしまえばそれまでだけれど、まだ挑戦したいという気持ちもわからないではない。

「諦められない人は、どうするんですか?」

「ぼろぼろになるまでプロの世界にこだわり続ける。でもそういった選手はもう、私たちスポーツ紙の取材対象じゃないからね。はっきり言って彼らの行く末には興味ないな」

厳しい口調で言うと、宮下は、

「ほら、深澤が投げますよ」

とマウンドを指差した。深澤翔介が大きく息を吸い込むのが胸の動きでわかった。

長い腕を大きく振りかぶり、一瞬バレリーナのような緊張でマウンドに伸び上がる深澤を可南子はじっと見ていた。しなやかなフォームで投げこまれる球が、小気味よくミットを鳴らす。打者三人というチャンスの中で、深澤は三者三振、この上ない成績を見せた。

「やった」

可南子は、思わず呟いた。

「合格ですか？」

隣にいる宮下に向かって小声で囁《ささや》く。だが宮下は苦い笑顔を見せて、

「合格とは限らない」

と首を振る。

「そう簡単なものじゃないからね」

決して可南子の意見を否定するために言っているのではないことは口調でわかる。

「三者連続三振をとっても、だめなことは多々あるから。深澤は今回も速球にこだわってたでしょう。それがアダになるかもしれない」

「速球じゃだめなんですか」

「クビになった時と同じ条件で投げてたらだめだな。速球投手でだめだったなら、このテストでは制球力をアピールするとか工夫しないと」

これまでのやり方を転換できるかできないか、それが大事なのだと宮下は言った。可南子はそんなものかと思いながら、マウンドを降りて黙々と片付けをする深澤を目で追っていた。強い目をした横顔が、二週間前のトライアウトと同じだった。

球場の出入り口のところで、深澤翔介を待った。待ちながら、何を話そうかと頭の中を

必死で回転させている。

(調子はどうですか)

たった三人しか投げていないんだから、調子なんて本人もわからないんじゃないか。

(合格できると思いますか)

宮下も言ってたじゃないか、二度目のトライアウトで決まることなんてほとんどないって。

(私、あなたが高校生の時、宮城大会で投げ勝つのをずっと取材していました。甲子園で優勝するのも見てました。懐かしいと思って)

この状況で懐かしいと言ってこられても、ハッピーな気持ちにはならないだろう。いろんな切り口を探したけれど、結局見つけられないまま、目の前を深澤が通った。

「すいませんっ」

可南子は声を上げた。すいません、の後は何ひとつ言葉を考えていない。とりあえず名刺を出す。スーツの襟元につけた記者章を指差して、

「取材したいんですけど」

と告げた。

「おれ？」

面倒くさそうな声に怯《ひる》みながら、可南子は頷く。

「久平……可南子？」

名刺の名前をぶっきらぼうな口調で読み上げると、深澤は可南子の顔をじっと見つめた。顔を見つめた後、全身に視線を移す。値踏みするような嫌な沈黙だった。そして何か言いたそうに口ごもった後、

「取材って？　なんの」

と愛想なく呟く。

「なんの……と言われても」

「新聞に載るような活躍もしてないし、逆に悪いこともしてないから、いいわ」

右肩にかけていたスポーツバッグを左肩に掛け直し、深澤は日に焼けた顔をそむけた。その冷たい目に、自分の知る少年の面影はない。

可南子自身、彼の何を取材したいのかわからなかったので、それ以上引き止めることはできなかった。あの、マウンドで輝いていた優勝投手が、十数年の時を経た今何を思い、考えているのか、ただそんなことに興味があっただけだ。ヒーローインタビューで言っていた「ゴール」はどこなのかと聞きたいだけだ。言ってみれば失礼で勝手で感傷的な興味だった。

他の選手たちが車に乗り込み球場を後にする中で、深澤は歩いてゆっくりと通用門に向かって行った。

覚悟していたことだったけれど、あまりにすげなく取材を拒否されたので可南子は思わず立ち止まり、俯いてしまう。

「久平さん」

振り向くと、後ろに宮下が立っていた。

これまでのやりとりを見られていたかと思うと、恥ずかしい思いで言葉に詰まる。

「大丈夫。今日がだめでも、また別の機会に話しかけてみるといいですよ。選手だって自分の気持ちが落ち込んでいる時は、誰とも話したくないもんだから。図太くいかなきゃね、記者は。さあどこかで温かいものでも食べましょうよ。グラウンドに立ちっぱなしだったから芯まで冷えちまった」

宮下はひょうきんな表情でガッツポーズを作ってみせた。可南子もつられて笑顔になる。深澤とは何も話せなかったけれど、無駄な休日にはならなかったと、嬉しくなった。

駅前にある小さなレストランの片隅で、可南子は宮下と向き合っていた。宮下が親切心で教えてくれる深澤の話を食い入るように聞いていた。

新人の年にそこそこの成績を上げた深澤は、その若さと見た目の良さもあり人気選手となり、当時監督をしていた木下邦王《きのしたくにお》も初めの頃は可愛がっていたのだと宮下は教えてくれた。だが、木下監督としだいに反りが合わなくなり、登板の回数が減りいつの間にか二軍落ちしていたのだという。

「監督と反りが合わないっていうだけで、そんなことになったりするんですか」

可南子は訊いた。たしかに一般的な考え方だと、上司に嫌われたら部下は仕事がしづらくなるし、不本意な配属を言い渡されたりすることはある。それは可南子だって、身をもって知っている。だがあんな勝負の世界で、勝つことがすべてのようなプロの世界で、監督が実力のある選手を見捨てるようなことがあるのだろうか。

「反りというような、簡単なことじゃなかったんだろうと思いますよ。なんというか、監督のやり方、もっと大げさに言えば生き方みたいなものに深澤は反発したんですな」

木下監督の「覗き行為」について知っているか、と宮下は可南子に訊いた。野球の世界にスパイ行為があるということは何かで読んだこともあるが、詳しくは知らないと、可南子は正直に答えた。

「木下邦王という男はね、覗き行為でここまでのし上がったと言っても言い過ぎではないくらいなんですよ。頭の良い男でね」

そう言って手に持っていた箸を置くと、

「木下の覗き行為を初めてつかんだのは、実はこの私なんですよ」

とこれまで以上に真剣な顔で語り始めた。


私の勤めるスポーツ新聞社に、タクシー運転手からの奇妙なタレこみがあったのは、昭和もまだ四十年代のことです。その頃、私は、まだ駆け出しの記者でね。大阪を本拠地とする阪南シャークスを担当して、忙しい日々を送っていました。

「無線からおかしな声がしまんねん」

タクシー運転手はそう言ってきました。そして、一度自分についてきてくれと懇願しました。私はその日非番で、たまたま精算かなんかの用事があって社に上がってたものですから、正直面倒くさいなあって思いましたよ。でも当時のデスクが「この件はおまえに任せる」って言うもんだから仕方なく運転手の話に耳を傾けることにしたんです。

運転手は私を車に乗せて、阪神高速を走りました。彼はしばらく黙りこんだままハンドルを握っていたんですが、ある地点を通過する時に、

「ほら、これでんねん」

と私の顔を見ました。確かに、運転手の言うように、車内の無線から奇妙な声が聞こえ

るんですよ。

奇妙な声はよく聞くと「カーブ」「フォーク」と球種を呟いているようでした。運転手は何度も高速の乗り降りを繰り返して、その地点に私を連れて行き、声を聞かせたんです。

「なんですやろ、これは」

ぐるぐると同じ道を回られて、吐き気がし始めた頃、運転手が私に訊きました。自分の中で出している答えに、○をつけてほしいというような感じです。

「今、野球のゲーム中ですよね」

私は確かめるように言いました。

「試合、やってますわ。このおかしな声が入る時はきまって試合しとる時ですわ」

「じゃあ、あれですね。誰かが無線を使って投手の球種を伝えてるんですかね」

「やっぱりか。誰が、誰にですねん」

「さあ……そこまではわかりませんけど」

私がそう答えると、運転手は調べてくれと懇願した。スパイ行為だとしたら許せない。ハンドルを握りながら声を荒らげて言うと、運転手は自分のファンの球団名を嬉しそうに教えてくれた。関西ではいつも最下位にいる弱小チームだった。

それから私はいろいろ調べたんです。会社側はそんなことに時間やお金を出してはくれないから、休日を使ったり独自の人脈を使ったりして。その原動力はなんでしょうねえ……まあ知りたがるというのは記者の本質みたいなものです。

無線を使ったスパイ行為をしていたのは、電鉄会社をスポンサーに持つ阪南シャークスでした。高速道路の奇妙なからくりはこうです。

阪南シャークスは、スポンサーの電鉄会社が当時の通産省から買い取った周波数を使っていた。そして運転手の勤めるタクシー会社はそれに近い周波数を使っていたんですね。つまり、周波数の近い回線が、混線していたんです。

阪南シャークスが無線を使って、打者に投手の球種を教えていたところまでは、簡単にわかりました。そうです、当時の阪南シャークスの監督は木下邦王です。

でもどうやって木下が投手の球種を盗んでいたのか。これは、なかなかわかりませんでした。

他社のカメラマンがぽろりとこぼした一言を聞くまでは想像もつきませんでした。カメラマンのこぼした一言というのは、

「ちょっと前に、球団の職員に四百ミリ望遠のニコンを貸してやった」

というものでした。

何気なく耳にした一言でしたが、私は大きなヒントを得た気がしました。だって、天体

望遠鏡のようにでかい四百ミリ望遠のニコンなど、一般の人が何に使いますか？ 球団職員は、そのカメラマンに、四百ミリ望遠のニコンがいくらするのか。どこで買えるのか。古い物でいいから安く譲ってはもらえないかなどと訊いていたようです。

私の推測は正しかったですよ。その球団職員というのは、阪南シャークスの関係者でした。望遠カメラを使って捕手の股ぐらを覗き、相手ベンチのサインを盗みとっては無線で監督に伝えていたんです。

カメラの覗き穴は、スコアボードの隙間です。電光掲示板なんてなかった時代ですからね。スコアボードも人が手作業で入れ替える。だから隙間なんていくらもあるんですよ。手間のかかることをしますよね。でも確実に、木下監督はその手でチーム打率を上げていたんです。

「まあこれが木下邦王の覗き野球の始まりだったのかな。それからも木下監督は覗き行為を駆使して、自分の采配に利用したんですよ。いくつかの球団を渡り歩いた後、今ではあなたも知るように、木下は日本のプロ野球界では永久に名を残す大人物になっています。木下の覗き野球の恩恵に与《あずか》った選手も、ごまんといますよ。ただ、深澤はだめだったんでしょうね、木下のやり方が。深澤が木下の元で投げていた東栄イーグルス時代は、木下の最も脂の乗っていた時期でしょう。覗きの方法もどんどん高度で緻密なものになっていた。私が思うに、若い深澤は木下に反発したんです。もしかすると、覗きなんかしなくても自分は勝てると、意気込んでいたのかもしれない」

「その結果が試合に使ってもらえずに二軍落ち、ですか」

「そうです。そういう場所です」

宮下は苦笑いしながら言うと、コーヒーに口を付けた。喉が渇くくらいに、一生懸命話してくれたのだろう。

「でもね久平さん。深澤の凄いところは、そこからでしたよ。東栄イーグルスから移籍した後は数年間、きっちり成績を残した。スポーツ紙の一面見出しに、『復活』『奇跡』の二文字が踊りましたよ」

5

今日は考太が東京にやって来る日だったので、仕事を早く切り上げると、可南子はタクシーで東京駅へ向かった。運動部に異動してから休みが不定期で、しかも土日は取材が入ることが多かったので、考太に会うのは一度目のトライアウトの取材で仙台球場に行った時以来だった。あれからもう一ヶ月が経とうとしている。

「お母さんっ」

いつもの待ち合わせ場所まで走っていくと、考太はもうすでにベンチに腰掛けて待っていた。青いリュックを背負っている。

「ごめんね。遅くなった」

息を切らしそう言うと、考太は無言で笑った。

ぎこちない再会になるんじゃないかと不安だった。柚奈があんなことを言い残して帰ったから。

考太が自分の父親について知りたがっている……。以前にくらべて電話をかけてくる回数が減ったのも、考太の中にわだかまりがあるんじゃないかと思っていた。

「腹減ったな。何か食べたいな」

謙二そっくりの口調で考太が言った。可南子の不安を消し去る自然な感じだ。

「なんか食べてこっか」

五時過ぎの新幹線に乗ったのだから、ちょうど腹がすく頃だろう。言われてみれば可南子も空腹だ。

「野球、始めたんだって」

並んで歩きながら可南子は訊いた。

ぎょっという顔をして、考太が可南子の顔を見る。

「誰に聞いたの？」

「柚奈」

「柚ちゃんか……。口軽いなあ」

不機嫌な表情を浮かべる。

「なんで？　私に知られるとだめなの」

努めて明るい声を出す。後ろめたいことを隠す時、どうして人は明るく振舞うのだろう。

「お母さん、野球嫌いじゃん」

怒ったような表情のまま考太が呟く。

「嫌いではないよ、別に。サッカーとか水泳のほうが好きなだけで。野球は九回まであって何時間も観るの、辛気臭いから」

そう言うと、気のせいか考太の表情が緩んだように思える。

「そんなしょうもない理由かい」

考太はふてくされたように言う。可南子は考太がもっと深刻なことを切り出すのではないかと構えていたが、それはなかった。

「聞いたよ、柚奈から。チームに耳の不自由な子がいて、その子があまりに野球が上手だから悔しがってるんでしょ」

「そんなことまで柚ちゃんは話してるのか。ほんとだめだなあ」

納戸の中で泣いたことも知っているとはもちろん言わなかったが、考太はばつが悪そうに頭を掻く。

「打球の音が聞こえないのにちゃんとボールに追いつくのがすごいんだ。でも正式にチームに入ってるわけじゃないらしい。そいつのお母さんが反対していて入部は認めてもらえ

だから」

「危ないからって。ボールが飛び交うところで音が聞こえなかったら当たってしまうだろ。

「なんで反対してるの」

ないんだってさ」

コーチが特別に練習に参加させているだけなのだと考太は言った。

二人で家の近くのファミリーレストランに入り、夕食を食べた。アサリの酒蒸しや冷奴といったサイドメニューが好きなのは、酒好きの年寄りと暮らしているせいだろうか。いつの間に、この子はこんなにたくさん食べるようになったのだろう。注文した物を次々に平らげていく考太の姿を、ぼんやりと見ている。

「お母さん、今はスポーツの仕事してるんだろ？」

手羽先に嚙みつき、考太が言った。

「そうね」

「おもしろい？」

「まあ。まだそこまでいかないかな、お母さんスポーツに詳しくないから慣れるのに必死かな」

「スポーツの取材してるんだったら、野球の取材もする？　そしたら元プロ野球選手に会ったりする？　片岡信二って人にも会ったりするんじゃない？」

唇を鶏肉の脂で濡らしながら、考太は可南子の顔をじっと見た。可南子の少しの動揺も見逃さないぞという厳しい目だった。可南子はいつか、片岡信二という名前がこの息子の口から出てくるだろうと予感していた。覚悟もしていた。その時はこう説明しようという練習すらしていた。でもやっぱり、そんな予行演習はなんの効力もないくらい、焦ってしまった。焦ってうろたえ、落ち込んで、考太を前にしてしばらく黙り込んでしまった。

考太に言えたのは、

「片岡信二という人をよく知らないし、会ってもいない」

ということだけだった。なぜその名前を知っているのか。誰から聞いたのか。どこまで知っているのか。そんなことをこちらから問い詰めたかったけれど、何も言えなかった。可南子が言葉を発すると、さらに深い追及がきそうで、でもどこまでを話せばいいのかわからなくて、結局黙るしかなかった。八歳という年齢を甘く見ているわけではなかったが、すべてを話して理解ができるほど大人ではない。

片岡信二という人物を、可南子は知らない。正確に言うと、一晩だけ一緒にいたことはある。でも彼がどういう人物なのかは本当に知らない。

「ふうん」

と言ったきり、考太はそれ以上何も訊いてこなかった。誰に何を言われてその質問を可南子にしたのかも、話さなかった。片岡の名前を出した後も何事もなかったような顔をして箸を動かし続ける息子を見ていると、後悔の気持ちがこみ上げてきた。だが自分が何を悔やんでいるのかはわからなかった。


翌朝、何事もなかったように考太は可南子の隣で目覚めた。

「おはよう」

間の抜けた声で挨拶すると、寝ぼけたままトイレに行った。朝食のパンと目玉焼きを平らげ、リュックに入れて持ってきた歯ブラシで歯を磨く。可南子が彼の一連の動作をずっと目で追っているのに気づき、訝《いぶか》しげな顔をした考太が、

「どうしたの？　さっきからぼくのことじっと見て」

と手を止める。

「なんでもない、なんでもない」

昨夜の重い雰囲気などなかったような息子に向かって可南子は言った。本当に忘れてしまっているのか、実は彼なりに気をつかって平静を装っているのか。八歳は意外に手ごわい年齢だ。

「今日はどこ行く？」

考太が訊いてきた。今日の夕方六時過ぎの新幹線で佐沼に帰る予定だから、あと九時間ほどが親子に残された時間だった。それなのに可南子は取材をしようと思っていた。深澤が横浜のグラウンドで練習しているというのだ。

「野球、見に行く？」

遠慮がちに可南子は言った。

「えっ。野球？　どこの」

考太が弾んだ声で聞き返してくるので、ますます声が小さくなる。

「試合……ではないのよ。練習」

「練習？　なんの？」

「プロ野球選手が練習するから見に行かない？」

意味がわからないという顔で、考太は首を傾げていたが、「いいよ」と頷いた。

深澤翔介という選手を知っているか、と考太に訊ねると、「知らない」と答える。当然、知らないだろうと思う。深澤はもう二年以上も二軍にいるのだからテレビで放映されるような試合には出ていない。

深澤から突然電話が来たのは、二日ほど前のことだった。「練習するから、取材をするつもりがあれば来ればいい」という簡単な連絡だった。宮下に彼の話を聞いてから取材をしてみたいという気持ちは深まっていて、まさか彼の方から連絡がくるとも思ってもいなかったので、可南子は間髪いれずに「行きます」と答えた。

その日程と考太が遊びに来る日が重なっていることに気づいた時は、脱力してしまった。

「どこで練習?」

でも、考太は練習を見に行くというプランに意欲的だった。

「横浜にあるグラウンドなんだけど、お母さんも行ったことないのよ」

可南子は着替えをし、化粧をしながら答える。「仕事で行く」のだと言うと、考太は一瞬嫌そうな顔をしたけれど、「まあしょうがないか」と呟き機嫌を直した。考太は可南子が仕事をすることを必要不可欠なことだと、受け入れている。そんなふうに小さい頃から教えてきたからかもしれないが、可南子が働くことを自然に眺めている。母親が働くことで自分の生活が成り立っていることを、彼はいつからか理解している。

「プロ野球選手の練習なんてかっこいいな。友達に自慢できるな」

考太が言った。とても子供らしい言い方とその誇らしそうな笑顔に、思わず笑みが浮かぶ。そんな顔を見ていると、息子に「あなたの父親はね」と思わず言ってやりたくなる。考太にあの男のことを話すと、どんな表情を浮かべるだろう。今みたいな笑顔になる……

わけはないだろうが、少なくとも自分自身に流れる血に、期待を抱いてくれるのではないだろうか。

冬空の隙間から差し込む光が、休日の球場を満たしていた。鳥のさえずりさえ聞こえてくるのどかな場所だった。普段が熱気と喧騒に包まれているだけに、こうした静かで閑散としたムードがことさら平和に思えてくる。傍らの息子の肩に時々無意味に触れながら、可南子は幸せを感じる。野球帽を被る年配の男性がホースを手にグラウンドに水をまいていた。

可南子と考太は一塁側スタンドの最前列に腰を下ろし、グラウンドを眺めた。グラウンドには、深澤と他にも数名の選手が黙々とウォーミングアップしている。考太は無言だったが、彼が退屈していないのは、その目でわかった。目に力がこもっていて、彼が興奮しているのが伝わってくる。

「なんかいいなあ」

うっとりという口調で考太が言った。冷えていた筋肉がしだいに熱を帯びて柔らかくなっていく様が、選手たちの額に浮かぶ汗からわかる。考太の言葉通り、なんかいい。静かだけれどまっすぐな力に満ちた、不思議な空間だ。

「お母さん、あれ見て」

考太の小さな人差し指が示す方向に目をやると、ホースから放たれた水流が、陽に透けて七色の像を結んでいる。

「あんなところに虹ができるなんて……」

可南子は太陽を浴びて艶やかに光る考太の頰と、七色の色彩を交互に見つめた。

ホースの角度が変わり虹が消えてしまうまで、可南子も考太もじっと目を凝らしている。

「ああ……消えてしまった。なんでだろ、なんで消えてしまうんだろな」

虹が消えると、考太は残念そうな声を出した。

「光と水滴の、屈折や分散の関係よ。そういう微妙な関係で虹が見えたり消えたりするの」

「スイテキ、クッセツ、ブンサ……ビミョウ？　お母さん、子供相手に話す時はもっとわかりやすく説明してよ。おじいちゃんもよく言ってるよ、考太のお母さんは小難しいことばっかり言うから面倒くさいって」

考太の言葉に苦笑いしながら、可南子はふと謙二のことを考えた。考太が生まれた頃、一度やりあってからはどちらともなく避けてきた。可南子がたまに実家に帰ったときは寝ているか出かけているかで、もう数年ろくに話もしなくなった。謙二はきっとまだ可南子を許してはいない。それを知っているから、可南子も謙二の前では素直になれなかった。

「どうしたの？」

考太が窺うような目を向けた。他の子供も、こんな目をするのだろうかと思うくらいに、大人びた目だ。

「なんでもないのよ。ほら、あの人が深澤翔介選手。お母さんが取材に来た人」

それまでグラウンドを走りながら周回していた深澤は、ウインドブレーカーを脱ぎ、右手にグラブをはめるところだった。

かつての後輩だろうか、深澤のもとにキャッチャーミットをつけた選手が寄っていき、投球練習が始まった。


可南子たちがスタンドに入ってから一度も目を合わさなかったくせに、深澤は突然、

「降りてこいよ」

とこちらに向かって叫んだ。突然声をかけられたことに戸惑い、考太と二人で慌てて周囲を見回すくらい、唐突な声だった。

「ちょっと行ってくるわ。少しだけ取材して戻ってくるから」

可南子は慌てて考太にそう言うと、ノートとペンを持ってグラウンドに降りていく。

一時間近く投球練習をしていた深澤の側にいくと、汗と熱の匂いがする。

「おまえも来いよ」

深澤に向かい合うようにして立ち、挨拶をしようと口を開くと、深澤は考太に向かって声を張り上げた。耳の近くで大声を出され、可南子は思わず身をすくめる。スタンドの考太は目を見開き驚きの表情を見せていたが、すぐに立ち上がり、駆けてきた。小動物が餌を与えられる時に見せるような俊敏な動きで。

「おまえ、この人の息子?」

深澤はおもむろに考太に向かってそう言った。「おまえ」や「この人」といった失礼な物言いに可南子はひっかかりを感じながらそのやりとりを黙って見ている。仕事に子供を連れてきた可南子も、失礼と言われればその通りだからだ。

「うん」

愛想なく、考太が答える。

「おまえ、いくつ? 名前は?」

「久平考太、八歳」

考太がぶっきらぼうに言うと、深澤は少しの間を取り、

「そうか」

と呟く。

「八歳にしてはでかいな」

「うん。二年だけど三年の一番大きい子よりでかい」

緊張で固まっていた考太が、初めて笑顔を見せる。

「野球は？　してるのか」

「うん。まだ入ったばっかりだけど」

「野球選手はでかいほうが何かと得だぞ。キャッチボールでもするか」

可南子の存在を素通りして、深澤は考太を誘った。「げっ」と驚いて呼吸が止まったように見えた考太が、嬉しそうに手渡されたグラブをはめてグラウンドの中央に駆けていく姿を黙って見送った。グラブが大きすぎて、棒切れにかけられた手袋のように見える。季節柄、雪だるまの手のようだった。

可南子は、心底嬉しそうに懸命にボールを追う考太を見ていた。人に愛されてほしい。親なら誰しもわが子についてそう思うだろうけれど、自分のようにシングルマザーの場合はその想いが強いような気がする。働くことに必死で、自分が充分に愛情を注げていない負い目がいつもある。だから、自分以外の誰かがわが子を可愛がってくれると感謝の気持ちがこみ上げてくる。先生でも、友達でも、もちろん祖父母でも、息子の周りにいる誰かが彼を、可愛がってくれますように。これまで何度となく祈ってきたことを、今また思い起こす。

「おまえ、ポジションどこ」

「まだはっきりとは決まってない」

「いい球投げるな。手元で伸びる球だ。上背もあるし、投手でもいけるぞ」

「ほんと？」

「どっかのチームでやってるのか？」

「佐沼スターズ」

「ああ知ってる。おれが少年野球やってた頃、対戦したことあるよ。たしか練習グラウンドが小学校の裏側にあるとこだ。へえ……まだあるのか、あのチーム」

ボールを投げながら、二人が会話するのを可南子は見ていた。もし考太に父親がいたらこんな感じなのだろうか……。シングルマザーに「もし」は禁物だ、自分で選んだ道なのだからと戒めながらそんなことを考えていた。

ボールが空気を裂く音、牛革とボールが激しく当たる音、息子のはしゃぐ声、そんな音のやりとりを、可南子は静かな気持ちで聴いていた。

「取材、また今度でいい？　おれ今から行くとこあるから。時間なくなった」

キャッチボールが終わったかと思うと、深澤が軽い口調で言ってきた。スパイクを脱ぎスポーツシューズに履き替えると、バットやグラブを手際よく片付けていく。スパイクに付いた土をタオルで丁寧に拭い取り、シューズボックスに収めてしまうと、深澤は唖然としている可南子の方を見ようともしないで、

「楽しかったな」

と考太に声をかけた。

嬉しそうな考太が、息を切らして可南子の横で微笑む。可南子は仕方ないので「それじゃ次の機会にお願いします」と返す。

「素質あるよ、こいつ」

さっさと片付けをすますと、スポーツバッグを肩に下げて歩き出した深澤が、思い出したように振り向き言った。

「野球センスにDNAを感じるな」

歪んだ笑みを残して、深澤が歩き去る。時間がないと言ったわりにはのんびりとした歩調で、ダッグアウトの中に消えていく後ろ姿を、考太と二人で見送った。

「ディー、エヌエーって何？」

考太が訊いてきた。

「さあ……」

可南子が答える。DNAって何……？　可南子が深澤に問いたかった。話してみたいことがたくさんあった。これほど他人のことを知りたいと思ったことは久しぶりで、小さくなっていく背中に、言葉にならない想いを重ねる。

夕方の新幹線で、考太は実家に帰っていった。

深澤とキャッチボールをしたことに興奮と充足の混ざった顔をして、考太はいつものように新幹線に乗って実家に帰って行った。

考太は新幹線が動き始めると、窓際のシートに座って窓にへばりつき、笑顔で手を振った。何度となく繰り返してきた別れ際に、なんの変わりもなかった。でも、可南子は何かが違うと思っていた。今回の別れは、何かが違う。

その違和感の答えが見つからないまま新幹線が遠ざかっていく。

新幹線の最後尾が小さく、点になって視界から消えてしまうと、可南子は泣きたい気持ちになった。こうして考太と遠距離親子をやってきて、こんなにも心細くなったのは初めてのことだった。

考太はたぶん、可南子に聞きたいことがあったのだろうと思う。それを言わずに、帰って行ったに違いない。子供が親の気持ちを思いやって、胸の中に言葉を隠す。考太が成長し、可南子のもとから離れていく。

「ずっと話さないわけにはいかないよ」

柚奈に言われ続けてきたことを思い出す。考太に、いつか彼の父親である人のことは話さなくてはいけないと、珍しく真剣な口調で柚奈は言った。

「あたしやお父さんやお母さんに一生ほんとのこと言わなくてもそれはそれで勝手だけど、考太にはそういうわけにはいかないよ。世の中にはうやむやにした方がいいことと、そうでないことがあるわ。考太にとってはうやむやにされたまま大人になることは辛いと思う」

他人に無関心な柚奈なのに、考太のことに関しては生まれてからこれまでの間、深く関わっている。妹のことだからペットに注ぐ愛情のようなものだろうと初めは思っていたけれど、とても強く深く、考太のことを考えているのがわかる。一度、その感謝を真面目に伝えたことがある。その時柚奈は、

「お姉ちゃんの唯一の弱点だから可愛い」

と意地悪く微笑んだ。あまのじゃくな妹なので本心が読めず黙ってしまった可南子に向かって、

「これまで飼ったどのペットより可愛い。竹下くんより大事かも」

と華やかに笑った。最高の愛の言葉だと思い、可南子は安心した。

「話さないわけには、いかないよ、か」

可南子は呟く。

可南子はいつか真実を考太に話すだろうか。ありえない、と思う。独身のまま出産した母たちすべてに、真実を全て打ち明けるべきなのかと訊いてみたい気持ちだった。

「わが子に、彼らの父親について語りましたか」と。

6

深澤からの電話は、会社で原稿を書いている時にかかってきた。携帯電話の着信音がバッグの中で鳴り、締め切り時間寸前だったので出るかどうか迷ったのだけれど、相手が深澤だったので出ることにした。考太と一緒に横浜へ行った日からまだ一週間しか経っていなかった。

「今から出てこいよ」

長年の友人を誘うような口調で、彼は言った。

「今から……ですか？　どこにですか」

「銀座」

「銀座？」

「暇だったら来てよ」

一方的な彼の口調に言葉を失くしていると、それに気づいたのか少しだけ遠慮がちに深澤は言った。

「暇じゃないんです。今も仕事中ですし」

「じゃ仕事終わってから。取材受けるから」

だいたいの店の場所と店名を告げると、深澤は電話を切った。あっけにとられながらも可南子は急いで原稿を書き上げ、会社を出る段取りを頭の中でまとめる。


店に着くと、十一時前になっていた。電話を受けてから二時間近くも経っていたので、もう店にはいないかもしれない。そう思いながら、いなかったらそれでいいとゆっくりと向かった。こちらから「遅れる」という電話をかけようとしたが、すぐに留守電に切り替わってしまい、伝言だけを残しておいた。

「いらっしゃいませ。久平さんですか」

店のドアを開けると、従業員が唐突に声をかけてきた。深澤がどんなふうに説明したのかは知らないが、従業員は一目見て可南子のことをわかったふうで、すぐに深澤が待つボックス席に案内される。さほど広くない店内にはカウンター席と、ボックス席が二つ、あるだけだった。

取材相手だという遠慮より腹立たしさの方が上回り、可南子は苛立ちを隠さない声で言った。

「遅いって言われても。仕事してたから……。あなたが突然呼び出して」

顔を出すと、不機嫌な顔をして深澤が睨んでくる。

「遅いな」

すると深澤は、

「冗談だ。遅くない。さほど待ってない」

と取りなすように笑い、メニューを可南子に手渡した。酔っているのかと思い、そんな人を相手に怒ってみても仕方がないから、黙ってメニューを開く。見たところさっきの従業員がひとりでやっている店なのに、食べ物のメニューがたくさんある。

「カレーとビールを」

夕食がまだだったので、アルコールを飲む前に何か口にしておきたかった。

「どうしたんですか、突然」

「話。この前しなかったから」

「話?」

「ほら、球場で。息子とキャッチボールしてたからあんたとは全然話さなかっただろ。約束は守る方だから」

　ふざけた口調が気になったが、取材を申し込んでいたのは自分なので、

「わざわざありがとうございます」

　と頭を下げる。

「で、何が訊きたいわけ？　おれに」

　カレーと一緒に、深澤が頼んだウーロン茶が運ばれてくる。

「トライアウト……二度目のトライアウトの結果は出たんですか」

　可南子は訊いた。

「ああ、そのことか……だめだった」

「だめ？」

「聞き直すな、落ち込むから。どこからも連絡なし、だ。捨てる神あれば拾う神なし」

　苦笑まじりに言うと深澤は、

「どうするかな」

　と真剣な口調で呟く。

「でも資料によると、年末に再契約になったり、年明けのテストで復活する選手なんかもいるって書いてありました。定まった期限が過ぎてもスカウト活動はあるって」

「んなの、ほんの一部。一部中の一部。プロ野球選手になるより難しいし、おれにはそういう受け皿はないだろうな」

「……じゃあ、どうするんですか?」

「だから、どうするかなって考えてるんだ。まだ決めてない」

小さな舌打ちを響かせ、深澤は言う。

「たとえば……もし野球をやめたら、どうするのかなと思って。私が取材したかったのはそれです」

疑問に思っていたことをさっさと訊いて、それでこの人と関わりを持つのはやめようと咄嗟に判断し、可南子は言った。彼の生き方に興味や関心はあるけれど、実際こうして目の前で話をすると、他人との関わりを突っぱねようとするような態度に、気持ちを削がれる。会話がどうしても上滑りになるのは、どちらかが心で会話しようとしていないからだ。

深澤のゴールはどこなのか……。それが何より知りたいことだった。

「野球をやめたら?　やめないよ」

「やめない?」

「そう。やめない。どこでもいいから野球のできるところに行く」

「そんな……。でもトライアウトは不合格だったんでしょう。どこでやるんですか。プロでなくなったら生活はしていけないでしょう」

　個人的に野球を続けるのはいいとしても、どうやって金を稼ぐというのか。生計が成り立つだけの収入を得ることは、そう簡単なことではない。

「野球をやめるつもりはない。でもどうしようか今は考えていない。今のおれに言えるのはそれだけ。これで取材終わり、だな」

　投げやりな口調でそれだけを言うと、何かを考え込むように深澤は黙り込んでしまった。可南子もそれ以上話しかける言葉が見つからず、ただ手を動かして残りのカレーを口に運んだ。スプーンが皿に当たるカチカチという音だけが気まずい雰囲気の中で漂う。

「そういえば、息子は？」

　深澤が口を開いた。

「考太のことですか」

「家で帰りを待ってるのかと思って。もう遅いから」

　もう遅いって、こんな時間に呼び出したのは自分でしょうがと心の中で呟きながら、

「一緒には暮らしてないんです。息子は私の実家の両親が面倒を見てますから」

　と答える。

「なんで一緒に暮らさないんだ」

「うちは……母子家庭ですから。私の仕事はこんなだから不規則だし、まだ小さい子をひとりで育てるのは難しいですから」

これまで何度となく口にしてきた「家庭の事情」を、可南子は述べた。何度も繰り返してきているので、簡潔に言える。

「仕事なんて変えればいいじゃないか。他になんだってあるだろうさ」

「そう簡単ではないですよ。不況ですし」

「そんな。探せばあるだろう。学歴もあるだろうし。仕事のために子供と離れて暮らすなんて不自然じゃないか」

「子供のための仕事ですよ。生活するのにお金は必要です。息子のために働いてるんです」

これも何度となく言ってきた言葉だった。可南子と息子の距離に同情や批判をぶつける無責任な人たちに可南子は言いたい。お金がない暮らしは、子供を不幸にするのだということを。子供がやりたいことを見つけ、進むべき道に向かうためにはお金がいる。

「自分の子を実家に預けて一人で暮らしてるなんて、あんた罪悪感ないのか」

「罪悪感？」

「子供がかわいそうだ」

「考太はかわいそうじゃないです。息子は私が彼を養うために働いていることを認めてますから」

「それは公の正論であって、あんたが考えてることは、本当は違う」

「私は息子のために働いてるんです」

「違うって」

「何が違うの？」

「あんたはあんたのために今の会社をやめないんだよ。自分は何ひとつ変わりたくないんだ。息子はあんたの自尊心だか意地だかにつきあわされてるだけだな」

深澤がきっぱりとした口調で言った。断定的な物言いに、可南子は言い返すための、それ以上の強い言葉を見つけることができなかった。

「図星だろ」

挑発的な目で深澤が可南子を見据える。

「いわば、復讐だな」

「復讐……？」

うんざりしながら、可南子は訊いた。

「たとえば……考太の父親に対して。あの男が何も失わず今もぬくぬくとやってることが許せないんだ、久平さんは。あと、世間にも負けたと思われたくない」

「あの男って？」

考太の本当の父親を、目の前の深澤は知っているのだろうか……。まさかと思いながらも、もしかしてという不安がぬぐいきれないまま、可南子は言葉の真意を知るために彼の目をじっと見た。

「それどういう意味で……」

不敵に笑う深澤に向かって問いただそうとした瞬間、携帯電話が鳴った。佳代からだった。部屋の電話にはたまにかかってくるが、佳代が携帯電話にかけてくることはめったにないので、可南子は慌てて電話に出る。嫌な予感がする。

「もしもし」

可南子の声がよほど動揺していたのか、

「どうした？」

と深澤が真剣な表情で眉をひそめる。彼の顔が心配そうに歪んだおかげで、可南子は少し冷静になれた。

佳代からの電話は、謙二が病院に運ばれ危篤状態だということを告げるものだった。

「病院？　脳梗塞で危篤？」

要領を得ない佳代の話から、店の中で突然倒れた父が救急車で運ばれ、今病院のＩＣＵで治療中だという流れを知るまで、数分もかかった。

十分ほど前に医師が「助かる見込みは五分五分ですね。会わせたい方がおられたらすぐに連絡を」と説明したので、可南子に電話している。佳代は、電話口で息を切らしながらそう言った。

「今そこにいるのはお母さん一人？　考太や柚奈はどうしてるの」

柚奈は出かけていて携帯に何度電話をかけても連絡が取れず、まだ来ていない。考太は救急車に乗せるのが可哀想だったので、家で待たせている。佳代はそう答え、でも一人で病院にいるのは心細いと呟く。家に残された考太も心細いだろうと可南子は思いながら、こんな時にふらふらとして連絡の取れない妹に苛立ちの矛先を向けた。ふらふらしているかどうかはわからないが、連絡が取れないとはどういうことか。

「どうした？」

電話を切ると、深澤がまた訊いてきた。そうだ、私はこの人と一緒にいたんだ……。数分の電話ですっかり現実感を失ってしまい、今の状況を把握するのに間がいる。

「申し訳ないんですけど、父の具合が悪くて。今すぐ実家に戻らないといけないんです」

「今すぐ？　明日の朝イチじゃだめなのか」

「だめ、なんです」

可南子の表情で状況を察したのか、深澤は、

「実家はどこだ」

と訊いてきた。

「仙台から……車で一時間半ほどです」

「今からって、電車はないだろ」

「仙台駅までなら夜行バス……があると思います」

可南子は携帯のサイトで東京から仙台に向かう、夜行バスの時間を調べる。可南子の慌てる様を深澤がじっと見ていたが、彼のことを気遣う余裕すらなかった。

品川駅の前から仙台駅まで……最終十一時四十五分。腕時計の針はもう十一時半を回っていた。

思わず溜め息が出る。父は死ぬかもしれないと、嫌な予感がする。そして可南子は父の死に目に会えない。

「どうした？　バスもないのか」

「ない……みたい」

「打つ手なし、だな」

「打つ手なしだなんて、そんな簡単には……言えないです。私は、父に大切なこと何も話せてないから」

さっきから絶望的なことばかりが頭の中に浮かんできて、可南子は焦った口調で言った。

「申し訳ないですけど、今日は帰ります。ここの支払はしておきますから」

可南子が有無を言わさずという感じで頭を下げると、怒ったのか、深澤は立ち上がり無言でコートを羽織る。そして、そのまま早足で店から出て行った。

レジで勘定をすませると、どうすればいいのかを頭の中で考え、足早に夜道を歩いた。夜道といっても店から漏れる電気の明かりで視界は明るい。

「ちょっとおネエさん」

携帯電話で柚奈に電話をかけながら早歩きで進んでいると、後ろから声がする。可南子はそんな声は無視して、歩みを速めた。すると、

「タクシーいらない？」

と再び声がかかる。

「いりません」

「安くしとくよ」

携帯電話を操作する指が焦りで震える中、

「だからいりませんって」

あまりのしつこさに思わずきつい口調で言い、振り返った。真後ろに大きな男が立っていて、さっきから声をかけていたのが深澤だと気づくまでに数秒かかった。

「なん……ですか。からかわないで」

呆然として可南子は言った。こんなところで冗談を聞いているような状況ではない。それはさっきあの場にいたあなただって理解できるでしょう、と深澤を睨みつける。

「タクシーで行けばいいんじゃないか、実家まで」

落ち着いた声で深澤が言う。自分だって、その選択は考えた。もうタクシーしかないだろう。

「さあどうする、父親の死に目に会うのに払える金額はいくらまでだ」

茶化すように言う深澤の言葉に怒りを超えた軽蔑を感じ、可南子は無視して前を向いて再び歩こうとし、

「ちょっと待てって」

と腕を引っ張られた。

「だから。私、今はほんと余裕がなくって。申し訳ありませんってさっき謝ったじゃない

ですか」

「二十四時間営業しているレンタカー屋、あるの知ってる？」

「……私、さっき一杯だけだけどビール飲みましたから」

半分以上残したけれど、口をつけたことに変わりない。それ以前に、この疲れた身体で高速道路を五時間以上も走り抜く自信は、到底なかった。

絡んでくる深澤を再度追い払うように歩き出すと、きつく腕をひっぱられ無理やり振り向かされる。

「なに？」

可南子は言った。深澤が自分の顔を指差し、笑っている。

「だからなに？」

「おれが運転する。東京から病院まで」

「あなたが？　冗談……言わないで。酔ってるんでしょう。本当にもうやめてください、私今忙しくて」

「おれ、普段は酒飲まないんだ。ちなみにタバコも吸わないし。アスリートの鑑《かがみ》みたいな人間ですから。日当一万と帰りの新幹線代。これぽっきりで運転手するよ。超お得」

可南子の耳元に口を寄せ、深澤は言った。吐く息にガムの香りはしたが、確かにアルコールの匂いはまったく感じられなかった。

「なんでレンタカー屋の場所がすぐにわかるの？」

キイホルダーの輪に人差し指を差しこみクルクルと回している深澤に向かって、可南子は訊いた。彼の提案に同意すると、あとは機敏に動く背中についていくだけで、気がつくと紺色の小型車に乗り込むところだった。

「なんでって言われても」

深澤はさっきからなぜか楽しそうで、本当にどこかへドライブにでも行くような気軽さだ。こっちが大変な時なのに、と思いつつ、彼くらい軽々しい方がかえって気が楽かもしれないとも思う。

「いくらおれが運転手だからってそれはないでしょ」

可南子が後部座席に乗り込もうとすると、深澤が嫌そうな顔をしたので、助手席に回る。カーナビがついていたので、佳代から教えられた病院の名称を打ち込むと、すぐに案内のアナウンスが流れる。アナウンスが六時間半かかると告げている。六時間半……父が無事でいるかどうか、それは可南子の運命しだいだ。

「東北自動車道、ひたすらかっとばす。眠かったら寝てろよ」

車が首都高に入ってスピードに乗りだすと、深澤が低い声で呟いた。

「私が眠ったらあなたも眠くなるでしょ。だから起きてます」

「いや。おれ、体力だけはあるから。それにあんたは昼間仕事して疲れてるだろ」

「深夜まで起きてることには慣れてますから。あなたこそ昼間は練習で疲れてるんじゃないですか」

言いながら、確かに眠いなと思う。さっき飲んだアルコールで首や肩が火照《ほて》っている。

「それって嫌味？　練習はしてない。トライアウトに不合格してしばらくは脱力期間」

「脱力期間？　だってまだプロでプレーすることを諦めてないって」

「そうさ。ぜんっぜん諦めてない。でもおれにだってオーバーホールは必要だろう」

上着のポケットからガムを出してくれと深澤が言った。ガムを差し出すと、包み紙を剥いてくれないと食べられないだろうと舌打ちされる。自分は両手がふさがっているのだからと。

「おれの親父が死んだ時はちょうど試合中で、テレビでおれを見ながら息を引き取ったんだ」

おもむろに、深澤が話し出した。ガムを嚙みながら話すものだから、しんみりとした話に聞こえない。

「お父さん、亡くなってるんですね」

「六十……二で逝ったのかな。ガンだよ、大腸にできるやつ」

農業をやっていたせいか、昔から休むことをしない人だった。でもそろそろ休憩し、好きなことでも楽しむかと張り切っていた時に、病気が発覚したのだと深澤は言った。

「でもあなたがテレビの中で活躍してる姿を見ながら息を引き取るなんて、幸せな最期だったんじゃないですか」

「そう、だな。まあ幸せな部類だろうな。いまのおれの姿を見なくてすんだだけ、何倍もましだわな」

自嘲気味に笑うと「こんな時にげんの悪い話して悪い」と呟く。

「さっきの……話だけど」

可南子は気になっていたことを口にした。車が混み始め、前方にテールランプの赤いライトが連なって見える。

「さっき？」

「ほら、店で話していた。考太の父親が今ぬくぬくと生活してるって……。あなたは何か知ってるんですか？」

目の前のライトの帯に固定していた視線を、彼の横顔に移して可南子は訊いた。

「知っているさ。よく知っている。うちらの世界は極めて狭いとこですから」

屈託ない顔で言うと、深澤は、

「それにしても男見る目がなさすぎるな」

と鼻で笑う。「あれにいったらだめだろう。あの男は更生の余地の無い根っからの女極道だよ。ほんと、あんたみたいな人がつきあったらだめだって」

友人を諭すような口調になると、隣で黙り込む可南子にかまわず、深澤は軽い感じで笑った。


深澤の話に返す言葉が見つからず口を閉ざしていると、いつの間にか眠ってしまっていた。気がつけば、窓の外が真っ暗なのは変わりないが、車はどこかのサービスエリアに停まっている。

「お。目覚めたか」

暗闇の中で深澤の手にする飲み物から湯気が上がっているのが見えた。

「コーヒー休憩」

深澤が言った。

「ここどこ?」

「福島飯坂の辺り。あと七十キロってとこだな」

「もうそんなに来たの」

「そう。速球にこだわるタイプなんで」

カーナビのデジタル時計が二時三十五分を表示している。

「こういうの、久しぶりだなあ」

コーヒーを飲み終えカップを置くと、シートを倒して深澤が身体を伸ばす。

「こういうのって？」

「ひたすら目的地を目指して車でぶっとばすの」

伸びをしたついでに、深澤が大きく欠伸をした。

「あんたずっと同じ会社で記者やってんの？」

「どういうことですか」

「働き始めてからずっと？」

「普通そうじゃないですか。会社に入ったらやめるまではその仕事でしょ。……まあ最近はそうとも限らないでしょうけど」

可南子は彼が何を言いたいのかわからず、首を傾げる。

「あっ。そういうこと……。いろいろ問題を起こしてからもということですか？」

可南子はようやく彼の言いたいことに気づいた。深澤は、片岡信二の一件を言っているのだ。もちろん彼はあの事件を知っていて、そして可南子が関与していることも知っている。プロ野球界は狭い世界だから。

「片岡信二選手の一件のことを言いたいのね」

言葉に感情が入らないように、平坦な声で可南子は言った。これまで何度となくあの一件については興味ありげに見られてきたけれど、真実はどうなのかと実際に訊いてきた人はいなかった。可南子も誰にも話さなかった。話しても信じてもらえないだろうということが、頭にあったからで、それにあの頃の可南子は誰をも信じられなかったからだ。人に打ち明けたいという気持ちも、真実を知ってほしいという思いもなかった。

「便所、行ってきたら？　飲み物も欲しかったら買ってくるといい。おれは車で待ってるわ」

深澤はそれ以上何も訊いてこず、サービスエリアの灯りを指差した。可南子は頷き、財布だけ持ってドアを開け、車の外に出た。外気がとてつもなく冷たく、強い風に身体がもっていかれそうになった。

「さむ……」

肩をちぢこまらせ、丸くなって歩く。暖かな車内にいたので手が温かく、自分の両方の掌で頬を挟むようにして灯りまで駆けた。

可南子が戻ると、深澤はすぐさま車を発進させた。

「あとちょいだな」

深澤は呟き、背筋を伸ばしてハンドルを握った。おれは体力あるから、と言い切った言葉に嘘はなく、まったく疲労を感じさせない佇まいで前方に目をやっている。サービスエリアで佳代に連絡をいれると、謙二はまだ生きていて、病院には柚奈がついているのだと言った。さっき新聞を乗せたトラックが到着したので配達員たちに仕分けして、無事に宅配が終わったらまた病院に戻るつもりだと。考太は家で眠っている。

お父さんはまだ生きている。そう聞いて、首筋の辺りがふと軽くなる。

「片岡信二という人とはたった一度だけ、それもほんの数時間しか会ったことはないんです」

なぜ自分が、九年間誰にも話さなかったことを深澤に話すのか、可南子はわからないまま言葉を繋げる。ずっと頑なに保ち続けた「人を信じない」という気持ちがふと緩んだのかもしれないし、ここまで自分を運んでくれた彼に感謝の気持ちがこみ上げたのかもしれない。でも可南子は、いつになく素直な気持ちだった。謙二がまだ無事だということに安心し、一刻も早く病院に駆けつけたいと高揚しているのかもしれない。

可南子が話し始めると、深澤は真剣な表情でこちらを見た。

九年前のその夜、ホテルのラウンジでひとりで酒を飲んでいた。もちろん、初めからひとりで飲んでいたわけもなく、当時つきあっていた男と飲んでいたのだが、男が先に帰ったので、そのままそこに座っていたというだけだ。

いつもならひとりで座りこんでアルコールを飲むなんてことはないのだけれど、その日は特別だった。男と別れることが決まり、脱力感と喪失感で、しばらく動けなかったのだ。

男と別れたくらいでこんなに落ち込むなんて情けない……。そんなことを思いながら、自分は飲んでいたのだと思う。その日のことは鮮明に記憶にあるのだけれど、なぜか、何を想い考えていたのか、そういうことははっきりと思い出せない。とにかく、可南子は生まれて初めてともいえる深い敗北感に、本当にまいっていた。

「久平さんですよね」

たしか片岡信二はそんなふうに声をかけてきたような気がする。野球帽を被ってジャンパーを羽織っていた。バーラウンジには不似合いな格好だなと可南子は彼の第一印象を訝しい人だと認識した。後になって思うと、その認識は酔っていたとはいえ的確だった。直感的に嫌な気配を感じとったのだけれど、酩酊していた自分にはその気配が何かわからなかった。

「はい。そうですが？」

可南子は答えた。愛想のよい笑顔を見せたまま、片岡は可南子の前の席に腰を下ろした。

「自分は片岡といいます。一応ファルコンズで内野手しています」

言われてみれば大きな身体をしていた。上背もあったし肩幅もあった。可南子は片岡という名前は知らなかったが、彼は可南子のことを知っていた。たびたび見かけたことがあるというような言い方をした。

「だいぶ酔ってますね」

「いいえ。酔ってませんよ。もうそろそろ帰ろうと思ってたんです」

可南子は伝票を捜した。男が持って出て行ったことに気づくと、立ち上がり、近くに置いていたバッグを肩にかけた。そうしてよろけ、片岡に抱きかかえられた。その時、どこかで一度目のシャッターが切られたのだと思う。フラッシュの光もシャッター音も、可南子は全然気づいていなかった。

「送りますよ」

「なんで？　なんであなたが送ってくださるんですか。結構ですよ」

「じゃあタクシー拾ってあげますよ」

そんなやりとりがあったかと思う。でも結局は一人暮らしのマンションまで片岡に送ってもらったのだから、どうしようもない。可南子の気概と運はこの瞬間に尽きてしまったのだろう。

ひとりで乗るはずのタクシーに、片岡も乗ってきた。可南子は自分のマンションの場所を告げ、目を閉じた。身体の中のアルコールが抜け、早くいつもの思考回路を取り戻せないかと考えていた。その一方で今は酔いの力でぼやけている別れの痛みが戻ってくる恐怖も感じていた。

マンションの部屋にたどりつくまで、片岡は可南子の荷物を持って付いてきた。膝の力が抜けてよろけそうになると、時々身体を支えてくれたりもした。狙っていたカメラマンはシャッターチャンスを逃さなかった。後で見ると、恋人同士がじゃれあっているとしか見えないショットだ。

「目を覚ますまでここにいますよ」

部屋の中まで付いてきた片岡は、可南子がコートを着たまま倒れこむようにベッドに横になると、玄関先に腰を下ろした。靴を脱がず、両膝を抱え、可南子に背を向けるようにして座った。そんな彼の様子に、その時の自分がなんと言ったのかは憶えていない。

それから可南子は何時間か眠りこけ、目を開けると、片岡が玄関先に数時間前と同じ姿勢のまま、膝に顔を埋めるようにして眠っていた。

「あの。すいません、ご迷惑をかけてしまって」

可南子が声をかけると、片岡は慌てて目を開け、

「大丈夫？　気分は悪くないですか」

と言った。可南子が頷くと、片岡は憐れむような視線を残して帰って行った。

自分に接する片岡は親切だったし、週刊誌の記者が自分たちに照準を定めて付いてきているとは、思っていなかった。だから、可南子は、片岡に対する直接的な恨みは今もない。だがなぜ片岡があんな時間にあの場所にいたのか、男が立ち去った後にタイミングよく現れたのか……消えない疑問としてまだ頭の隅に残っている。


その翌日、片岡は賭博に関わる八百長疑惑でスポーツ新聞を賑わせることになる。それから数日後には事件とリンクして、彼の乱れた私生活が写真週刊誌におもしろおかしく報道され、可南子とのこの日のやりとりも、掲載された。

「どんなに言い訳をしても無駄だということを知ったんです。写真があって、あの時間帯に一緒に店にいてタクシーに乗った、私の部屋まで付いてきたという事実があるから、どんなに関係を否定しても信じる人なんて誰もいないんです。ほんと、痛快なくらいみんな記事を信じるの」

当時の痛みを嚙み締めるように思い出しながら、深澤に向かって言った。彼は黙ってハンドルを握りながら聞いていて、なんの言葉も返さなかった。

「もともとつき合ってた奴とはどうなった？」

掠れた声で深澤が訊いた。

「事件があってから一度か二度……電話したけど連絡とれませんでした。でもその日にきっぱり別れてたから、向こうが連絡を断っても仕方ないかなと思って」

本当は何度も何度も、数え切れないくらい自分が疲れ果てるまで男には電話をかけたが、一度も連絡を取ることはできなかった。

でもその頃可南子も毎日が慌しく、自由に身動きのとれない状態だった。八百長について可南子も何か知っているのではないかと呼び出しを受けたり、片岡との関係についてゴシップ記事がメインの雑誌社から取材を受けたり。明らかに自分を見下している人たちと語り合うことで、可南子の心は疲労した。

時間にすればほんの数ヶ月間のことだろうけれど、たくさんの悪意によって自分はすっかり別人に変わったような気がした。

その件があって二ヶ月後、可南子は自分が妊娠していることに気づいたのだ。気づいた時には十四週目……つまり妊娠四ヶ月に入っていた。

7

登米市内の佐沼中央病院に着いたのは、外が明るくなり始めた頃だった。明るいとはいえ、冬の冷たい朝だ。灰色の要塞のような病院は、ひっそりと無音で、可南子を出迎えた。

「着いたな」

さすがにほっとした様子で言うと、深澤は両手を万歳のように伸ばし、大きく息を吐いた。

「間に合うといいな」

独り言のように呟くと、深澤は手元のスイッチを押してドアロックを解除する。

「ありがとうございます。本当に……助かりました」

「結果はどうであれ、これであんたに後悔が残らない」

深澤は真面目な顔をして言うと、車から降りるように促した。自分はこれからどこかで朝飯を食べて、車を仙台市内のレンタカー屋に返し、適当にぶらぶらして帰るという。可南子は財布から一万円札を三枚抜き取って深澤に渡した。日当一万円と帰りの新幹線代、と彼は言ったけれど、可南子の中では三万円でも少なすぎるくらいだった。

「もう少しお支払いします。レンタカー代も立て替えてもらってるし」

「いや、これで充分。じゃ、喜んで」

深澤は紙幣を受け取ると、笑顔を作り、そのまま走り去った。もっと何か言葉をかけられるかと思っていただけに、あっけない別れ方だ。

走り去る車の、マフラーから流れる白い煙を見送ると、可南子は「緊急時入り口」と赤字で書かれた看板を目指して早歩きする。入り口で守衛が可南子を呼びとめ、住所や氏名を記入させた。

集中治療室に入ると、酸素マスクをつけて土色の肌をした謙二が、横たわっていた。もう死んでしまったのかと動転するほどに、謙二の体にはなんの生気も感じられない。

「……お姉ちゃん」

病室には柚奈がひとり、座っていた。眠そうに目を細めている。今まで眠っていたのかもしれない。

「えらい早い到着だねえ。どうやって来たの？」

のんびりとした柚奈の問いに「夜行バス」と答え、謙二の顔をのぞき込む。酸素マスクをつけているのだから、まだ息があるのだろうが……。

「昏睡っていうの？　そんな感じ」

柚奈が言った。

「意識不明ってこと？」

「そうねえ。運ばれてからずっとこんな感じだし、意識が戻ってはいないわ」

「お母さんは？」

「お母さんは朝の配達が終わったら考太と一緒に来るって」

気持ちが上ずっていたところに考太の名前を出され、少しだけ正気に戻った。目の前の謙二がただの物体にしか見えないという恐怖が、可南子の身を竦《すく》ませている。

「なんで……こんなことに」

「まあお父さんも七十を過ぎてるから、こういうことも覚悟しておかないとね」

「それでも……」

もしかするとこのまま目を開けないこともあるのだと、柚奈は言った。

「疲れたでしょ。東京からの長旅」

「ありがとう。でも大丈夫よ」

「まさかお姉ちゃんがこんなに早く来るなんて思ってなかった。お父さんのこと嫌ってるから……」

スーパーのビニール袋から缶コーヒーを取り出すと、柚奈は「もうぬるいと思うけど」と手渡してくれた。可南子は謙二の顔から目を外さないまま、プルトップを引く。

「嫌ってるって……。好きとか嫌いとか、そういう簡単な感情ではないのよ」

どんなに馬が合わなくても、疎遠になっていたとしても、それでも最終的には心を通わせたいと思っていた。なぜならば他でもないこの人が、自分を養うために毎日折れることなく、働き続けてきたのだ。それはすべての子供が持たなくてはいけない親への心だと思う。

「大丈夫だって、お姉ちゃん。お父さんきっと目を覚ますよ。そんな気がする」

可南子の顔が思いつめていたからか、悠長な物言いで柚奈が笑う。

「柚奈の、そんな気がするっていうの、聞き飽きてる。根拠がなくっていっつも適当なんだから」

「おっ。厳しいな」

柚奈は可笑しそうに笑いながら、謙二の足の指先を揉んだ。「前にテレビで見たの。こうやって死にかけてる人を生き返らせた話」

朝が訪れる頃、佳代と考太がやって来た。二人とも思いつめた顔をして、病室に入ってきた。

「お母さん」

考太が嬉しそうな声で寄ってくる。まさかもう着いているとは思っていなかったようだ。

「考太……。びっくりしたでしょう、おじいちゃんがこんなことになって」

可南子は抱えるようにして考太の頭に手を回すと、考太の不安を自分の不安に重ねた。

可南子たちはほとんど無言で、謙二の横たわる病室にいた。たまに誰かがぽそりと言葉を発し、それに誰かが答え、また静まり返る。謙二の体につけられたモニターの音だけが、時おり勢いよく鳴った。

九時を過ぎると、担当の医師が病状の説明をするために病室に入ってきた。謙二の危機的状態はまだ続いているということや、意識が回復してもどれくらい正常な状態に戻れるかわからないというものであった。どの内容も見通しの暗いものばかりで、医師が言葉を加えるたびに病室の空気が沈んでいく。

沈黙の中、可南子は二つのことを考えていた。ひとつはどうにか謙二の意識が回復しますように。そしてもう一つは謙二が死んだらどのように生活を変えていかなくてはいけないか。おそらく可南子だけではなく、佳代や柚奈も同じことを考えていたに違いない。

「おじいちゃん、起きろ。がんばれ」

柚奈に教えてもらった通り、足の指をマッサージしている考太だけが、謙二の生還を揺るぎなく信じている。

謙二亡き後は、佳代ひとりで販売店を営んでいくことは難しいだろう。従業員たちを佳代だけで束ねることは難しいだろうし、本社の販売営業の人たちとのやりとりも簡単なものではない。謙二がこのまま息を引き取ったなら店は閉めることになるだろう。そうしたら佳代と考太を東京に呼び寄せることになるのだろうか。

「お姉ちゃんもここが転換期かもよ」

可南子の思考をのぞいたように、柚奈がぴたりと言った。

「考太をお父さんに任せられなくなったら、こっちに戻ってくる？　思い切って」

「無理だと思う。……戻ってきても私のできる仕事なんかないし」

可南子と柚奈のやりとりを、考太がじっと見守っている。

「考太はどうしたい？　おじいちゃんにもしものことがあったら」

柚奈が軽い口調で、考太に訊いた。彼女は昔から、大事なことであればあるほど、どうでもいいように話す。

「そんなの……わからない。東京には行きたくない。……おじいちゃんに死んでほしくない」

「そうだね。ごめんね。大人はいつも自分たちのことばっかり考えてしまう生きものなのよ。特に考太の母は頭ばかりで考えて、心を置き去りにするタイプだから」

柚奈は謙二の足元に回り、考太の隣に立ってマッサージを手伝った。

「私はいつも周りのことを考えてるのよ。柚奈と違って、自分のささいな感情の揺れだけで行動したりしないだけ」

可南子はできるだけ静かな口調で言った。

「たまにはささいな感情の揺れに従うのも、必要なんじゃないですか。自分の感情を閉じ込める人って、人の感情も封じ込めちゃう気がするよ。ねえ考太」

柚奈は軽い口調で言うと、同意を求めるように考太を見て首を傾ける。

考太は、無表情のまま小さく頷くと、足の指先からふくらはぎにかけてマッサージを続けている。

「お母さん、柚ちゃん見てみろよ。数字が」

考太が嬉しそうに声をあげたのでモニターをのぞくと、脈拍を示すモニターの数字が六十を超えていた。四十から五十の間を行ったり来たりしていた数字が、正常値の六十を超えたことに、考太と柚奈が顔を見合わせて笑う。

「すごいっ。おじいちゃん生き返るな」

佳代と可南子の顔を交互に見ながら考太が言った。

「今生きてるんだから、生き返るとは言わないでしょ」

と柚奈もにんまりしながらマッサージを続けている。

「なんか、お正月みたいね」

佳代が言った。「みんなが集まってるからお正月みたい」

化粧もせず、普段着のままの佳代はとてもやつれて見えたけれど、さほど疲れもない口調で呟いた。謙二が危篤ではあるけれど、こうして家族が集まっていることを喜んでいるようにさえ、見える。

「不思議だね。家族が生まれたり死んだりする時は、こうして家族全員が集まるのね」

佳代は、謙二の顔をぼんやりと見下ろした。

「おばあちゃん、おじいちゃんは死んでないって」

そんな不吉なことを言うな、という口調で考太が半べそになる。

可南子は、佳代の言いたいことがわかるような気がした。家族ということについて。人生の大半を一緒に過ごしてきた家族が、いずればらばらになりそれぞれの生き方をし始める。それでも家族としてやってきた記憶は一人ひとりに確実に残り、その記憶はふとした時に思い出され救いや支えになることがある。仲の良かった家族はもちろん、どんなに希薄な関係であっても、必ず繋がる部分がある。

こうして家族の誰かが生死の境にいる時、その繋がった部分を手繰り寄せて、その人の元に寄り添う。不思議なことに、どんなに離れていても、心身ともに疎遠であると自覚していても、家族の死を目前にすると手繰り寄せる糸は、すぐに見つかる。

「永遠にいがみ合っている家族なんていないよ。一緒に過ごした莫大な時間の中では、心から想い合っていた時間がきっとあるから。それを忘れてしまっていても、体のどこかが憶えているから、家族はこうして集まるんじゃないかな」

可南子は言った。考太が生まれてから、謙二とはずっとしっくりいっていなかった。可南子が謙二を憎むということはなかったけれど、もしかすると謙二が落胆のあまり自分を疎ましく思っているかもしれないという懸念があった。佳代は「そんなはずないじゃない」と言ってはいたが、誇りだけは人一倍高い謙二が、こんな生き方を選択した娘を、恥じているかもしれないと。

「すごい。見てよ」

考太は、掌を素早く動かして足をさする動作を繰り返していた。「すごい」というのは、動作を早くするとモニターの数字が上がっていくところだ。ほとんど遊びでやっていると しか思えないくらい、楽しそうだった。

「よっしゃ七十二。最高記録っ」

ガッツポーズの考太を、可南子たちは苦笑まじりの呆れ顔で見つめている。

ここにいる誰もが思っていたと思う。この場に考太がいてよかった。暗く重い病室の空気を、考太が自然と和らげてくれる。

「お父さん、考太のがんばりにつき合ってやってんの？」

柚奈が父の顔をのぞきこんで話しかける。

「失礼だな、柚ちゃん。ぼくは真剣なんだから」

「そうよ。救命だよね」

知らない誰かが考太と柚奈の声だけ聞いていたら、ここに危篤の人が横たわっていると は思わないだろう。可南子たちはそんなふうに、生と死の間で漂う父のそばに寄り添い、 きっと謙二はそれを一番喜ばしく思っているような気がした。

足元からしだいに上がってきた疲労が頭に達して、思考力が鈍ってきたのを感じ始めた時、正午を回っていた。

「朝何か食べたの」

佳代が訊いてきたので、可南子は首を振った。ここに着いた時に柚奈にもらった缶コーヒーがまだ胃の中でもたれている感じだ。

「私がここについてるから、三人で休憩しといで」

佳代が可南子と柚奈に向かって言った。

「考太も行っといで」

「ぼくはいい。ここにいる」

「そう。じゃあ可南子と柚奈でなんか食べといで。いったん家に帰ってもいいし」

言いながら佳代が財布から千円札を抜き出そうとした。

「お金はいらない。お姉ちゃんに奢ってもらう」

柚奈が佳代に言い、

「行こっか」

と可南子に向き直った。

「考太はほんとに来ないの」

可南子が訊いても、考太は、

「いらない。さっきおにぎり食った」

と頭を振り、佳代の横の丸椅子にちょこんと座った。

柚奈が先に部屋を出ていたので、その後を追うような形でついていく。

柚奈はもう行き先を決めているような歩き方で、長い廊下を突っ切っていく。

「ああ、ほっとする。外の空気。いやなんだよねえ、病院って。あのなんとも言えない暗い感じが。病気オーラなのかなあ？」

正面玄関から外に出ると、柚奈が空に投げるように言い、大きく伸びをした。これから病院に入ろうとする幸福そうとは言えない人たちが、柚奈を一瞥していく。

「お姉ちゃん、乗ろう」

柚奈はひとしきり伸びをしたり深呼吸したりすると、玄関前に停まっていたタクシーに乗り込んだ。自動的に開いたドアに、体を滑りこます。

「……行ってもらえますか」

柚奈が身を乗り出して運転手の耳元で告げた行き先が聞き取れず、可南子は、

「なに、どこまで行くの」

と訊いた。こんな時にタクシーを使って食事に行こうとする妹の神経が、あまりに彼女らしくて呆れる。

「まあまあ。ここまできたらもういいでしょうが」

「なによ。ここまでって」

「お父さんの臨終に間に合ったんだから。それだけでお姉ちゃんは親孝行したって」

「臨終してないから。不吉なこと言わないで」

柚奈はにやにやしながら座席の背もたれにしっかりと背を預けている。不敵に笑みを浮かべているものの、剝げた化粧からのぞく肌に疲労の色は隠せない。

「ねえお姉ちゃん。親の死ってある程度は想像してきたけど、でも実際にこうして目の当たりにするとやっぱ重いね」

腕を前に組み、しみじみという感じで柚奈は言った。いつもふざけた調子の柚奈が真剣な顔をしているので、可南子はからかってやろうかと思ったけれど、

「そうね」

とだけ答えた。

「謙二さんいなくなったらいろいろ変わるなあ。いつもさあ、いてもうるさいだけだからどっか行け、とか思ってたけど。でも実際にいなくなると仕事も回らないだろうし、そうしたらお母さんの生活も変わるね」

「そうねえ。仕事の面ではずいぶんと変わるね」

「実は私さあ、結婚しようかと思ってる」

「えっ。ほんと？」

車内の暖かさと太腿に伝わる振動で、眠気に負けそうになっていた可南子の頭が一瞬にして冴えた。

「うん。まじ」

可南子の驚きにさして興味なさそうに柚奈は短く答える。

「どうしたの、急に」

「急でもないよ、別に。私もうじき三十四だから、早くもないでしょ」

柚奈は眠そうに、凝ったネイルアートで彩られた桜貝色の爪をいじっていた。「運転手さん、そこのレンガ造りの会館の前で停めてください」

タクシーが停まったのは、大通りを少し中に入った役所や図書館などがある総合庁舎らしい会館の前だった。

「なんでこんなとこに来たの？　私たち食事に来たのよね」

タクシーを降りすたすたと歩いていく柚奈の背中に向かって可南子は言った。タクシー料金を支払っている最中だったので、すぐには柚奈を追えない。運転手に礼を言って目の前でドアが閉まると、可南子は駆け足で柚奈の後についていく。

「ここに食事できるような店があるの？」

「あるある」

「ほんとに？」

「ほら、あの店」

柚奈が指差す方に、たしかに小さな店らしい構えが見えた。曇りガラスの向こうにテーブルや椅子が見える。

「わざわざタクシーに乗ってきて、ここ？」

「そう。わざわざ、来たの」

店は外からも会館の中からも入れるような造りになっていた。可南子たちはいったん会館の中に入り、そこから木製のドアを開けて店に入った。ドアの前に「木のレストラン」という看板がかかっている。

店内には四人がけのテーブルが三つと、カウンターがあり、客はだれもいなかった。

「何食べる？」

席につくと、柚奈はメニューを可南子に差し出してくれた。Ａ４サイズのメニューには、食べるものはカレーとサンドイッチしか載っていない。

「……ずいぶんと選択肢が少ないのね」

可南子は小声で呟くと、サンドイッチと紅茶にすると柚奈に伝える。彼女は頷き、カウンターの中の店員に目を向けた。さっき水を運んでくれた人とは別の店員が、可南子たちのテーブルにやってくる。彫りの深い整った顔立ちの若い男性で、思わず目が留まる。

「サンドイッチふたつと、紅茶ふたつ」

柚奈は男性に向かって、ゆっくりと言った。男性は「サンドイッチふたつ。紅茶ふたつ」と繰り返しながら、手の中のメモに「2」という数字を記入していく。

「この人、私のお姉さん。久平可南子さん」

柚奈は男性が伝票に「2」を書き終わるのを見ると、さっきよりゆっくりとした口調で言った。

「柚奈のお姉さん。久平可南子さん」

青年はさっきと同じように柚奈の言葉を繰り返し、頷く。

「こんにちは。いらっしゃいませ」

青年は微笑むと、「ゆっくりしていってください」と言い、カウンターの向こうに戻っていった。

「なに。あの爽やかオーラ溢れる青年は」

「あの人が、柚奈の結婚しようと思ってる相手」

「うそ。ほんと？　年下じゃないの？　……うそでしょ」

「ほんとだって。五歳下だけど、そんなの別に気にならないから」

柚奈は言いながら携帯を操作し、データフォルダに入ってる写真を、見せてくれた。何枚も何枚も、彼と一緒に映る写真があった。

「ほんとなんだ……」

「お姉ちゃん、放心してるよ」

「へえ……意外。あの子がどうとかじゃなくって、柚奈のイメージじゃないから……」

男に望むものはとにもかくにも経済力。若い頃からそう言って憚らなかった妹のことだから、もっと金ピカな人と結婚するのだとばかり思っていた。可南子が知るかぎり、柚奈は実際にそうした金ピカな男達とつきあっていた気がするのだが。

「彼、どういう人なの？」

「どういうって言われても。仕事はこの喫茶店の従業員。ウエイター兼パン職人、かな。ここね、手作りのパンも販売してるのよ。年は二十九歳。この近所でひとりで暮らしてる」

よどみない口調で言うと、柚奈はカウンターの奥にいる彼の姿を捜すように、目を細めた。

「お金持ちなの?」

下品な言い方にならないよう、囁くように訊いてみる。

「そんなわけないじゃない。ここでの手取り、せいぜいもらえて十二、三万くらいじゃないかな。住んでるところも六畳の1DKだし」

「実家がすごい大金持ちとか?」

「ふつうの四人家庭。弟がいるらしい。会ったことないけど、ご両親とも仙台の市内で学校の先生してるらしいよ」

「ねえ柚奈。柚奈がさあ、昔から豪語してきた結婚相手の条件って……」

「とにもかくにも金ってやつ? あんなのもうとっくに捨てたわ。こうみえても私、日本最大級の観覧車ほどの恋愛はしてきたのよ。いろんな男の人をぐるぐる巡ってみて、やっぱり男って同じだと思ったの」

「同じ?」

「うん。男って、自身の欲求に抗えないから、卑怯なこともずるいことも最終的にはしちゃうんだよ。私の調査によると、九割の男が自分勝手に生きていると思うよ」

「それも極端な見解だと思うけど……。でも、あの彼はそうじゃないの?」

「うん。そうじゃない」

あまりにもはっきり断定するので、可南子はかえって疑わしく思った。大観覧車を一巡して悟りを開いたつもりの柚奈が美しい年下に騙されているんじゃないかと。

「でもねお姉ちゃん、結婚しようと思ったのは昨日なのよ」

「昨日？」

「お父さんが死ぬかもしれないと思った時」

人の気持ちが大きく動くきっかけは、事件というか、日常に何かが起こる時なんだねと柚奈が言った。


昼食を終え、またタクシーを拾って病室に戻ると、佳代と考太が椅子に腰掛けて眠っていた。毎日夜中の二時前に起きる佳代は、この時間はたいてい家で昼寝をしている。考太にしても昨夜の騒動で、ゆっくり眠れていないのだろう。

「戻ってきた」

眠っていると思っていた考太が、顔を上げて言った。

「考太。寝てるかと思った」

「ぼんやり、だよ。やることもないし目を瞑《つむ》ってた」

「おじいちゃん、どう？」

「目は開かないよ。でもさっき看護師さんが血圧を測りに来て、百二十とかなんとか。いい感じですねって言ってくれたよ」

嬉しそうに、考太が報告する。

「お母さんと柚奈でいったん家に戻ったら？」

可南子は柚奈に向かって言った。佳代は仕事もしながらなのでずいぶん疲れているし、柚奈だってもう長い時間つきっきりだった。

「そうしよっかな」

柚奈もあっさりと頷き、眠る佳代を揺り起こす。

二人きりになった病室で、可南子と考太は静かに目を合わせた。

「ねえ考太。柚奈、結婚するかもよ」

可南子は言った。こんな時、親子で何を話すものかわからず、とりあえず柚奈の話をしてみる。

「えっ。ほんとに」

思っていた通り、考太の驚きの反応が楽しい。でも意外なことに、

「そっか。ようやく決めたんだね。ヒロウミさんのことおじいちゃんやおばあちゃんに紹介するのか」

と、考太は相手の男性を知っているような口調で言った。

「ヒロウミさんって?」

「広い海と書くんだ。レストランで働いてる人だろ?」

「そうね。木のレストラン、だっけ。考太、知ってるの？」

「うん。何回も会ってる。柚ちゃんに、内緒にしといてって言われてたけど」

考太からすれば、広海はとても優しく、いい人らしい。

「柚奈らしくないね、内緒にしておくなんて。あの人、どんな彼氏でも平気で家に連れてきちゃうような人なのに」

どちらかというと秘密主義だった可南子と反対で、柚奈は小さい頃からなんでもとにかく話したがった。話して明かして、家族の反応を見るのが楽しいのだ。

「うん。でも広海さんはちょっと普通じゃないから、おじいちゃんとかおばあちゃんが驚くかもしれないからって」

「普通じゃないって？」

「よく知らないけど、見かけは大人でも中身がぼくぐらいの歳らしい……」

言いにくそうに話す考太の言葉を繋ぎ合わせると、だんだんと広海のことや、柚奈がなぜ両親に紹介するのを躊躇するのかが理解できた。

「でも良い人なんだよ……」

「わかるわよ。でも柚奈は、おじいちゃんやおばあちゃんに会わせるのを迷っている」

「そう。でもやっと決めたんだな。結婚しようと思ってるって、ぼくには前から言ってたからなあ」

おじいちゃんがこんなことになったから柚奈が結婚を決めたのかと、考太は訊いてきた。可南子はたぶんそうだろう、と答える。人が生まれたり死んでいったりする時、その本人だけではなく周りの人をも大きく変化させ動かすことがあるのだと可南子は考太に教えた。

「ぼくが生まれた時、お母さんも何か変化があった？」

「それはまあ……。いろいろ変化したんじゃないかな」

「たとえば？」

「たとえば、と急に言われても……。まあお金を溜めよう、とか。それまでお化粧や服やアクセサリーに使ってたお金を、考太への仕送りにしたり、将来のための貯金にしたり」

「それだけ？」

「それだけ、って。けっこうな変化じゃないの」

「しけてるって」

ふてくされたように、考太が呟く。冗談っぽい口調だったが、横顔は少し曇って見えた。

「お母さんがそれだけしか変化しないんだったら、ぼくが生まれても世の中は変わってないじゃないか」

「そんな。イエスキリストが誕生したんならまだしも、普通の子供が生まれたくらいで世の中が変わりますか」

可南子は軽い口調で言った。考太が本当に言いたいことはなんとなくわかっていたけれど、あえてそれを避けるように目を伏せた。

夕方になると、佳代だけが病室に戻ってきて、可南子や考太に一度家に帰ろうかと言った。翌日の新聞に折り込む広告の準備もしなくてはならないし、夕刊も無事に配り終えたか気になる。自分ひとりで家に戻ってもいいけれど、とにかく一度みんな休もうと、佳代は言った。

「でもその間におじいちゃんに何かあったらどうするの」

考太はそう言い、可南子も誰か一人は病室に残った方がいいのではと思ったが、珍しく佳代が強い口調で休んだ方がいいと訴えた。

考太は渋々だったけれど、結局その意見に従って、可南子たちは病院からタクシーで自宅まで戻った。

冷え切った家の中に入り、佳代が淹《い》れてくれる番茶を飲むと、足先からじんわりと疲労が上がってくる。ああ自分はずいぶん疲れていたのだと思い、炬燵《こたつ》に足を入れるなり眠気が襲ってきた。考太の唇が蒼白になっていることにもたった今気づき、この子もまた、ひどく緊張し疲労していたのだと可哀想になる。

「どっちにしても長丁場だから。無理はだめだからね」

配達を全面的に任せている従業員との打ち合わせを済ませると、佳代がふうと溜め息をつきながら戻ってきた。店先が静かになり、従業員のみんなが帰っていったことがわかった。

「どっちにしてもって？」

可南子は佳代の言葉を受けて訊いた。

「お父さんが回復しても、だめでも。どっちにしても、これからが大変。だから、休み休みやらないとね」

のんびりとした口調で言うと、佳代はまたふうと溜め息をつく。

回復してもすぐには元の生活に戻れないだろうし、謙二の世話をしながら仕事をしていかなくてはならない。もしだめなら、これからの生活をどうするか、新しい生き方を構築していかなくてはいけない。そんな意味で佳代は「どっちにしても」と言ったのだろう。

そういえば昔から、佳代の口癖は「どっちにしても」だ。難しいことに直面すればするほど、その「どっちにしても」は強くなる。でもほんと、どっちにしても、だ。生きることに楽なやり方なんてない。ずるいやり方はあるかもしれないけれど。

「そうね。どっちにしてもだね」

可南子はくすりと笑い、言った。ふと柚奈がいないことに気がついて捜してみたが、見当たらない。まあ猫みたいな人だから、気まぐれに外へ買い物にでも出かけたのだろう。

「よっこらせっと」

と立ち上がり、押入れから毛布を取り出して、いつの間にか眠っている考太にかけると、佳代は、

「休んでるとこ悪いけど、明日の折込やってくるわ」

と部屋を出て行った。可南子も慌てて立ち上がる。炬燵の熱量を最小に絞って、考太が干からびないようにしておく。

「私も手伝うわ」

インクの匂いのする店先に顔を出すと、佳代は無言で微笑み、オレンジ色の指サックを手渡した。

「小さい頃を思い出す」

機械が回転する音に負けないように、可南子は声をあげる。小さい頃もよくこうして、翌日の折込広告の準備を手伝った。今は機械の性能がよくなり、それぞれの棚に広告紙をセットすると、一家庭分に配達する束に仕上って出てくる仕組みになっている。たまに紙詰まりを起こして機械が止まることがあるにしても、手で広告を組んでいた頃の手間を思うと、格段に楽になった。

「スピードも速くなったなあ」

可南子は機械の精度の高さに感心しながら言った。

「でしょう。紙詰まりもほとんどしなくなったしね」

佳代が嬉しそうに言う。この型の前の機械だと、柔らかい紙質の広告紙はロールに絡まって故障することが何度もあった。新しいのを思い切って導入したのがよかったと、佳代は笑う。

「新しい機械を入れるのは、いつもお父さんだけど」

何百万円もする機械はもちろんレンタルだけれど、そのリース料は安いものではない。それでも謙二は仕事の能率を上げるための出資なら惜しくはないと即決する。月々の収支を管理したり購読者の情報を整理するためにパソコンを取り入れるなど、経営者としての謙二は、有能だと思う。

「お父さんがいなくなったら、もう商売もできないだろうね」

佳代がぽつりと言った。初めて見せる弱気な様子に、これまでずっと背筋に力を入れていたのだと思う。

「そんなことないじゃないの。お母さんだってずっとこの仕事続けてきたわけだし、頼りになる従業員もいるから……。柚奈だって手伝ってくれるわよ。あの子はお父さん似だからきっと商売に向いてる」

謙二がいなくなればおそらく、仕事を続けてはいけないだろう。可南子もまた思っていたことだが、佳代にはそんなふうに返した。

「だめだめ。この店はお父さんのものだからね。私はそれを手伝ってただけだから、それはもう……」

モーター音を響かせながら勢いよく仕事を続ける機械に手をかけ、佳代は首を振る。築三十五年の古びた店の中で、新品の機械だけが力強い光沢を放つ。

「あとそれと、お父さんと似てるのは、柚奈じゃなくて可南子の方よ。可南子はお父さんの性格にそっくり」

何を思ったのか、突然佳代にそんなふうに言われ、可南子は思わず、

「やめてよ。絶対似てないから」

と強く否定する。すると佳代が笑い、可南子もまたむきになった自分が大人気なく思えてきて、苦笑いを返した。

「ただいまあ」

そんな時、店の引き戸がカラカラと開いた。柚奈だった。

「柚奈、どこ行ってたの」

佳代はそう言って柚奈の後ろからついてくる男性に視線を移した。男性は、昼間に柚奈に紹介された人だった。

柚奈が家に男性を連れてくるのは珍しいことではなかったけれど、まさかこんな時にという気持ちもあったのだろう。佳代は、

「どちらの方？」

と少し呆れたような口調で柚奈に訊いた。

「保科広海《ほしなひろうみ》さん。お母さんに紹介しようと思って連れて来たの」

「紹介？」

「うん。結婚しようと思ってんの。明日お父さんに紹介するつもり」

さらりと言うと、柚奈は戸惑うように立ち尽くす広海の手を掴み、ぐいと引き寄せた。

「あの……保科です」

気の毒になるくらい緊張した小さな声で、広海が呟く。佳代は眉間に皺を寄せ、目を細めるようにして広海を見ていた。気まずい沈黙が流れる中で、機械が紙を重ねる音だけが店内に響いていた。

一メートル四方ほどの小さな炬燵に、広海、佳代、柚奈、考太の四人が入ってしまうと可南子の場所がなくなり、仕方なく台所に立って茶などを沸かしていた。

佳代が考太に「テレビ消してちょうだい」と言ったので、小さな部屋は意志に満ちた沈黙で破裂しそうだった。

「で、どういうことなの？」

佳代が静かに口火を切る。

「だから。さっきから何回も言ってるけど、私と広海が結婚するって話」

柚奈は心底うんざりした顔で佳代の顔を見返した。

「それで……保科さんはどういう方？」

端整な、という表現が一番ふさわしいだろう彼の美しい横顔に、佳代が問いかける。広海はさっきから下を向いたまま、息を潜めるように無言だった。

「二十九歳。飲食店勤務。家族構成はご両親と弟。それ以上何が知りたいの」

「あなたに訊きたいんじゃないのよ。私は保科さんと話したいんです」

佳代が責めるような声を出すのも頷けた。さっきから話しているのは柚奈ばかりで、広海はまったくだんまりだった。

「ぼくは……保科広海といいます。柚奈さんと……結婚したいです」

佳代の調子に気圧《けお》されたのか、目を瞬《しばたた》かせながら広海が声を出した。その口調があまりにたどたどしいので、佳代が可南子の方に視線を移し、何か言いたそうな顔をした。

「ぼくは……反対されるんじゃないかって柚奈さんには言ったんですけれど……すいません」

掌で鼻と口を覆うようにして言うと、広海は肩をすくめて細い体をさらに小さく見せようとしていた。

「なんで反対されると思うんですか？」

佳代がすかさず広海に訊く。意地悪な口調ではなかった。

広海は困ったように佳代の目を見ると、また怖気《おじけ》づいたのか下を向き、

「生まれつき……だとぼくのお母さんは言ってました。生まれつき、人よりいろんなことゆっくりなんです。考えるのとか、喋るのとか、そういういろいろ……」

とすまなさそうに言った。柚奈が、

「そう。広海はゆっくりと暮らしてるの」

と言葉を繋げた。


可南子は柚奈と二人で病院に戻り、目を閉じている謙二の傍らに並んで座っていた。モニターの電子音以外ひっそりと静まった病室で、互いの息遣いが聞き取れるくらいだった。

「それにしても、びっくりしたわ」

可南子は膝の上に載せた自分の手に視線を置いたまま、独り言のように呟く。佳代は朝刊の配達があるので考太と一緒に家に残っている。

「なにが?」

柚奈が答えた。眠っているかと思ったが、目を閉じているだけだった。

「柚奈の結婚話」

「なんでびっくりするの? 広海が五歳も年下だから? 給料の手取りが十五万ないから?」

柚奈が訊いてくる。いつもの軽い口調だった。

「全部」

「まあそうでしょうよ。お母さんもびっくりしてたよねえ。なにも言わないで二階に上がって。失礼ったらありゃしない」

いたずらが成功した時のような笑顔で、柚奈が言った。

「本気なの？」

「結婚のこと？　うん本気だよ」

「大丈夫？」

「お姉ちゃんが何をもって大丈夫と訊いてるのかは知らないけど、大丈夫も何もないよ」

きっかけはやはり今回の謙二の件なのだと柚奈は言った。

「もしかしてお父さん、死んでしまうかもしれないじゃない。生きている間にやっぱり広海と会ってほしいかなって。まあ意識が無いにしてもね」

柚奈はいつものふざけた口調でも、人を小ばかにしたような言い方でもなく、真面目な態度で広海とのなれそめを教えてくれた。偶然入ったレストランで見た時、竹下くんに雰囲気が似ているかもと単なる興味を持った。目で追っているうちに、彼が少し他人と違うこともすぐにわかった。良く言えば丁寧。悪く言えば愚直。決まった動きを繰り返すことは得意だが、突然の応対には慌てふためくことも、何度か店を訪れているうちにわかってきた。

「あの喫茶店ね、福祉の店なの。広海みたいな人たちが働くために経営されてる」

「作業所？」

「そうそう。それ」

柚奈は頷く。

「ほんとは私、誰とも結婚する気はなかったのよ。だってうまくいくとは思えないもん、私わがままだし。人って結局自分自身が一番大事な生き物だもん」

「そうとは限らないんじゃない」

「ううん、そういう本能が組み込まれた生き物だと思う。自分が一番大事っていう」

「まあ……柚奈の仮説を肯定するとして、でもあの広海くんは違うの？」

「違う。広海は違うんだよね。まだずるさを持つ前の人っていうか……。うまく言えないんだけど。いろんな欲が出てくるから人ってずるくなるでしょ？　そういう欲が無い人なのよね。そんな人だから、私も彼に対してだけはなんのかけひきもなく接することができる。私自身、変わることができるような気がしたの」

「それは広海くんが普通の人とちょっと違うからじゃないの？」

「それもたしかにそうかもしれない。広海は一度に多くのことを理解することが苦手だし、判断や思考も一般的な常識とは少し違う、独特の感性を持ってる。でもそのおかげであの穏やかで優しい性格でいられるんだとしたら、私はすごく羨ましい」

世の中には、たいして賢くも有能でもないくせに威張っている男が多すぎると柚奈は言った。たとえ賢くて有能であったとしても、威張る人は男であっても女であっても大嫌いなのだと。

「自分が一番賢いと思ってる人、すごく多くない？　ハウトゥー本とか読むのは別にかまわないけど、いかにもその知識を自分で考えましたみたいに実行している人とか、気持ち悪いよ」

実際にそういう人と出会ったことがあるのだろう。柚奈は顔をしかめて身震いする真似をした。

「でも広海と結婚したい一番の理由は、あの人は絶対に人を裏切ることないと思うから。どんな小さいことでも、あの人は彼の周りの世界を裏切ることはない。少なくともそう信じられたの」

世の中には裏切り合っても、一緒に居続ける関係がごまんとある。臭いものには蓋をしろ。そうやっていろんな部分を腐敗させながらもそれぞれの思惑で離れないような関係は嫌いなのだと、柚奈は強い口調で言った。

「考太の父親って、妻帯者でしょ？」

柚奈がふいに言ってきたので、可南子は息を吸うのを忘れるくらい動揺し、そして思わ

ず素直に、

「そうね」

と言ってしまった。

「やっぱりね。私も妻子持ちとつき合ったことがあるの。まあお姉ちゃんと違って、私はさほど入れ込んではなかったけどね」

自分はそうした不倫を続けながら、相手の男の生き方にいつも不快なものを感じていたのだと柚奈は言った。妻に隠れて自分と会って、何もなかったような顔をして家庭に戻っていく。裏切りを重ねていくことに罪悪感もないような男を見ていると、だんだん嫌気がさしてきたのだと。

「ずいぶん勝手な言い分ね。不倫している相手は柚奈なわけでしょう。柚奈だってずいぶん悪いじゃない」

「でも私には家庭はないから。誰をも裏切ってないでしょ」

「まあそうだけど……でもその男の人の奥さんに悪いじゃない」

「奥さんが知り合いなら、それは裏切りかもしれないけど、会ったこともない人だし」

勝手な言い分なのは百も承知だと、柚奈は笑った。でももし自分がだれかと結婚したならそんなことはしない。人を簡単に欺ける人が、この世には溢れかえっていると、柚奈は言った。

「それで、お姉ちゃんみたいな人が造成されていくわけ」

「なにそれ」

「まっすぐに人を信じて、それで裏切られて。それは自分だけのせいじゃないのに、なんか頑なになりながら、諦めたみたいな感じで生きていく人」

可南子はまた「なにそれ」と言い返そうと唇を開いたが、咽頭と舌がひっついたように言葉がかすれた。

「頑なで諦めたようなって言われても……」

やっとそれだけを言い返すと、にやにやする柚奈にふてくされた表情を向けるのが精一杯だった。

「もったいない、お姉ちゃん。考太もいるのに、もっと人生を楽しまないと」

「人生を楽しむ？」

「うん。そう。自分が楽しく幸せに生きるのが一番よ」

柚奈にそう言われて、可南子は腰を上げ、室内に設置されている冷蔵庫の扉を開けた。さっき買っておいたコーヒーの缶を二本取り出し、一本を柚奈に手渡す。いったん立ち上がったのは、その間に柚奈に言い返す言葉を考えていたからだった。

「お姉ちゃんって歳取っていくにつれて喜怒哀楽がなくなってるんだよね」

「なによ、それ」

「もしかして人生失敗しちゃったなんて思ってるんじゃない？」

自分のことをそんなふうに言う人はこれまでいなかった。みんな本当は思っていても言わなかっただけかもしれないけれど。

「あなたねえ、人のことをそんな風に言う前に……」

可南子はプルトップを開けてコーヒーを一口飲んだ。苦味と甘さが喉元を通りすぎていく。しばらく黙って冷えた缶を手に謙二の顔を見つめていた。

椅子に座ったままの柚奈の顔を見ると、またさっきと同じように目を閉じている。眠っているのか起きているのか、彼女の細く白い指がコーヒーの缶を握っている。可南子は何も言わず、窓際まで歩み寄り、ブラインドの隙間から外を眺めた。そこには深夜の闇以外、何も見えなかった。


謙二が意識を取り戻したのは、翌日の昼過ぎのことだった。その場に考太をのぞく家族全員が集まっていたのに、謙二が目を開ける瞬間はだれも見ていなかった。朝起きると庭に朝顔が咲いている。そんな人知れない感じで、謙二が目を醒ましていた。

「お父さんっ」

悲鳴のような声をまっさきにあげたのは、佳代だった。それに続いて、可南子も「お父さん」と言葉を漏らした。人はあまりに驚くと、それが喜ばしいことであったとしても強張った恐ろしいような表情になることを、佳代を見て知った。

「考太は……」

妻と娘二人が目の前にいるにもかかわらず、謙二は考太のことを目で捜していた。

「考太は学校ですよ」

謙二の肩をさすりながら、佳代が答える。

「考太は……元気か」

「何言ってんの。考太は元気よ。お父さん、孫の心配する前にまず自分の心配でしょう。今まで三途の川を泳いでたのよ」

謙二の生還が嬉しいくせに、わざとぶっきらぼうな口調で柚奈が言う。謙二が目を開けてすぐにナースコールを押して看護師を呼んだのは、柚奈だ。

「どうした？　……なんだ、おれ、死にかけてたのか」

口の中に唾が溜まっているのか、口元をもごもごさせて謙二が眉間に皺を寄せた。

「そうですよ。お医者さんには助かるかどうかわからないって言われてたんだからね」

佳代が咎めるような口調で言う。

「なんだ可南子まで来て。おまえ、仕事はどうしたんだ」

謙二が眉間に皺を寄せて可南子を見つめた。なぜ自分にだけそんな強い口調で言うのかと反発を覚えたけれど、こんな時にいがみあっていてもしょうがないと思い、

「もう最期かと思って」

と受け流す。


病室で何をするわけでもなく、ただ謙二の意識が再び消えてしまわないことを願いながら静かに時間を過ごしていると、姿を消していた柚奈が広海を連れて部屋に戻ってきた。

「お父さん、私、結婚することにしたから」

目を閉じて丁寧に呼吸を繰り返していた謙二に向かって、柚奈が言った。妹らしい単刀直入な言い方だった。

「……」

謙二がわずかに頭を動かした。見開いた目だけで驚いている。

「保科広海さん。向こうのご両親には挨拶すんでいるから、今週にでも婚姻届だすつもりなんだよ」

隣に立つ広海の緊張とは逆に、柚奈はいつもの間延びした感じで話した。謙二が物事の真意を確認するように佳代の方に視線をやり、佳代は首を傾げた。

「保科です。よろしくお願いします」

上ずった声で自分の名を口にすると、体側に両手を当てた気をつけのポーズで、広海は深く頭を下げる。

一分ほどの沈黙があっただろうか。もしかするともっと長かったかもしれない。沈黙の後、謙二が、

「いいんじゃないか。おめでとう」

と呟いた。痰がからまっているのか、えらくしわがれた声だった。

「あの子に似てるな……」

「へっ」

柚奈が言う。

「ほら、昔うちで働いてくれてた……」

「竹下くん？」

「そうだ。竹下に感じが似てる」

笑顔を作ろうとしたのか謙二は口端《くちは》を持ち上げたが、顔の筋肉に思うように力が入らず、

笑顔にはならなかった。

新聞配達のアルバイトには、いろんな人がやってくる。中には住所不定でふらりと働き口を探しにくるような人もいて、他の店ではトラブルはつきもののようなところもある。でも、うちの店では皆無というほどアルバイトのトラブルがない。それは幸運というのではなく、謙二の人を見る目にあると可南子は思っている。正直で誠実で働き者。そんな人たちだけを謙二は、選び取って採用してきた。そんな父の眼力を、柚奈も信じているのか、

「ありがとう」

と広海が受け入れられたことに嬉しそうな笑顔を見せた。

佳代はというと、謙二の言葉にどこか不満があるような顔をしていたが、それでもそれ以上何も言わず事の成り行きを見守っていた。広海も、緊張はそのままだったが、少しはほっとした様子だった。

可南子は寄り添うように立っている柚奈と広海を横目で見た後、自分の中に決して外には漏らすことのできない暗い気持ちが、沸き上がっていることに気づく。嫉妬。そう、これは妬み。両親に認められ、新しい人生を前に幸せそうに微笑む妹への嫉妬だった。

「可南子、仕事はどうした」

無言でいる可南子に向かって、思い出したように謙二が再度訊ねる。

「お姉ちゃん、仕事も休んで駆けつけてきてくれたのよ」

柚奈が謙二に向かって言う。謙二がじっと見ているのをはぐらかすように、

「意識が戻ったのなら……今夜東京に帰るわ」

と可南子は言った。

「そんな。まだいなさいよ。せめて明日くらいまでは」

佳代が言う。可南子は黙って病室を出た。


病院の小さな中庭までのろのろと歩くと、白いベンチに腰を下ろした。木製のベンチはとても冷たく、濡れているのかと思うほどだった。

「ふう……」

胸の中に溜め込んでいた息を、思い切り吐いた。

いろんな意味の溜め息だった。謙二が意識を取り戻すまでの緊張や、東京から駆けつけた疲労や……。とにかく目を閉じて大きく息を吐き出したかった。

柚奈が羨ましい。自分の思うように生きることができて。

誰に言うでもなく、心の中で呟く。何にも捉われずに意志を信じて生きるのは自分の方だと思っていたけれど、本当は妹の方だったのかもしれない。

人にどう見られようと気にしないと言いながら、周りの評価を気にして生きている自分が、自尊心だけ高い、無能で惨めな人間に思えた。つまらない女だなと、自分自身を顧みる。思いながら、陽が差してくる方向を捜した。

この建物がどういう造りになっているのかわからないが、ずっと上には中庭の形と同じ、丸い空が見えた。雨が降っているのだろうか、天井の窓ガラスに水滴のような濁りがある。

自分に夫が、考太に父親がいたらと思ったことが何度あるだろう。誰にも漏らすことのない、心の奥底の本音……。

二歳になったばかりの考太を初めて動物園に連れていった日、キリンを見ていると雨が降ってきた。周りの家族たちと同じように、慌てて雨宿りの場所を探して移動した。「キリンさん、みる」と泣きぐずる考太を左腕に抱き、右腕でバギーを押した。たすきがけにした荷物は肩に食い込み、地面に引っ張られているように重かった。誰か、どれでもいいから私たちの荷物を持ってくれないだろうか……。周りを見渡せばパパたちの優しそうな顔が、切り取られたように視界に入ってきて、うちだけが母子家庭のように見えた。私たちに傘を差しかけてくれる人は、もちろんどこにもいない。せめて考太に兄弟が、あるいは自分に友人がいたら荷物はもっと軽かったはずだ。両親に頭を下げ、甘えることができたなら……。

　涙が滲みそうになった目で雨の落ちてくる空を見ながら、そんなことを考えていたことを可南子は今もはっきりと憶えている。

　あの日から、もう何年も泣いていない。涙なんて出ない。涙を流したところで、その涙を止めてくれる人なんていない。いないのならば泣いている暇なんてないと、可南子は自分自身を睨みつけてきた。そして他人を睨みつけて生きてきた。

　柚奈が羨ましい。祝福され、結婚を手にした幸せそうな愛らしい妹。広海はきっと、死ぬまで柚奈を大切に愛してくれるだろう。私も柚奈にお祝いの言葉を言わなくてはいけない……。柚奈が考太がこの世に誕生した時に「おめでとう」と言ってくれたのと同じ「おめでとう」を言ってやりたい……。

　自分のふがいなさを思い、可南子はもう一度天井の空を見上げた。

　空を見上げながらふと、深澤のことを思い出す。マウンドに立つ彼の、何かを探すように空を見上げる仕草が思い出される。今ごろ東京で何をしているのだろう。

「どうしたの？」

　耳のすぐ側で声がした。

「お母さん、何してるの？　おじいちゃん、死んだの？」

目の前に血相を変えた考太が立っていた。不安げな彼の姿と声が、一瞬にして膨れ上がっていた暗い思考を萎《しぼ》ませる。

「考太……。学校は」

「終わった。どうしたの？」

寝起きのようにぼんやりしている可南子とは違い、ひりひりした雰囲気を漂わせながら考太が詰め寄る。心配で学校から直接、バスを使ってこの病院に来たのだという。

「バスで？　すごい。どのバスに乗るかなんてわかるの？」

「バス停にいたおばさんに訊いたら教えてくれた」

「バス代はどうしたの？」

「おばあちゃんからお小遣いもらってる。百円玉を五枚、ランドセルのチャックの中にいつも入れてるんだ」

得意そうに言うと、考太はその場で跳び上がり、ランドセルの中で小銭が跳ねる音を聞かせてくれた。

「お母さん、今ここで何考えてた？」

「何って？」

「今めっちゃ怖い顔してた。なんか辛いこと考えてた」

心配そうな表情で考太が訊いてきた。可南子はぎこちない表情になっていることを自分で感じながら、

「べつに……何も考えてないけど」

と言った。柚奈に対する複雑な思いが顔に出ていたことに驚く。自分には無縁だった祝福の言葉を謙二から聞かされたことで、嫉妬よりも強い怒りの感情が表情に滲みでてしまったのだろうか……。

「こんな寒いとこにいるからだよ」

考太がふいに可南子の手を握った。その手が驚くほど冷たくて、可南子は思わず考太の頬に触れる。

「何でこんなに冷え切ってるの」

「降りるバス停、間違えたんだ。ひとつ手前で降りて、それで歩いてここまで来たんだ。焦ったよ」

そんなことはどうでもいいじゃないかというような口調で考太は言うと、早く中に入ろうというふうに可南子の服を引っ張った。

病室の謙二は、考太の顔を見るなり、

「おお、おおお」

と言葉にならない声を出した。左手を伸ばして何かを摑もうとし、考太が急いで近寄ると、満足そうにその頭を撫でた。

考太が病室に入ってきた時から、謙二は考太とばかり話したがり、可南子たちはそんな二人を眺めていた。さっきまで固まっていた広海も、嬉しそうな表情で、謙二と考太のやりとりを見つめている。可南子は、楽しそうに謙二と話す考太の横顔を見ながら、まだ二歳だった彼を実家に預け置いてきた日のことを思い出していた。


意識が回復した謙二は、時間が経つにつれて力を取り戻していった。「喉が渇いた」「体が痒い」「腹が減った」かいがいしく世話をしていた佳代も最後は呆れるくらいになった。ただ状態が回復していくにつれて、右半身の機能が麻痺していることもわかってきた。

謙二が直接、医師を呼び状態を訊ねると、左脳の梗塞がひどかったので、このまま右半身に麻痺が残ることも否定できないと言われた。顔面にも少し麻痺があるので、会話もこれまで通りスムーズにはいかないだろうと。遠まわしな言い方だったが、回復の見込みがほとんどないことははっきりと伝わってきた。

だが謙二が、医師の告知にショックを受けていたのはほんの数秒のことで、すぐに強気な口調で、

「半分、残れば、上等だ。な、考太」

と言ったので、側にいた考太が安心したように笑った。そして謙二は佳代に向かって、暗くなる前に家に戻るように言った。

道中のタクシーの中で考太が眠ってしまったのは、まだ八時前のことだったが、一人きりでバスに乗ってやってきた彼の一日の緊張を思うとそのまま起こさず朝まで眠らせてやりたかった。

柚奈と二人がかりで考太を抱え布団に寝かせると、可南子は佳代に今から出かけてもいいかと訊いた。

「こんな夜に？　どこに行くつもりなの」

佳代は合点のいかない顔で可南子を見つめたが、「仕事だから」と言うと「早く帰ってきなさいね」と送り出してくれた。


実家の軽自動車を借りると、可南子は仙台市内を目指した。車の運転は久しぶりだったけれど、土地勘があるのでさほど心配ないだろう。ただ夜道を走るので、注意しないといけないなと気を引き締める。バスを使って仙台まで出てもいいのだけれど、帰りが遅くなりそうな気がして、車で行くことにした。

急なことなのできっと連絡はつかないだろうと思いながら、西川裕司記者に電話をかけたのは、一時間ほど前のことだ。一度目のトライアウトの取材で名刺を交換しただけ、一度きりしか会ったことのない関係だが、彼は記者特有の気安さで「今から時間とりますよ」と言ってくれた。仙台市内まで可南子が出向くと言うと、球場近くのダイニングバーで待っていると店の名を告げた。入ったことのない店だったが、年中イルミネーションで彩られた店構えは見たことがあるし、店のある通りはわかるのでなんとかなるだろう。夜道を車を飛ばしてまで人に会いに行こうという自分の衝動に、正直驚いてもいた。

店はすぐに見つかり、近くのコインパーキングに駐車すると、可南子は店内に入って行った。一番奥の席に、西川はこちらを向いて座っていて、可南子を見つけるとすぐに手を上げた。

車で来たことを告げると、「じゃあ飲めないんですね」と残念そうに笑ったが、店員に声をかけて可南子にお茶を持ってくるよう告げた。

「すいません、突然呼び出してしまって」

可南子が頭を下げると、

「いえいえ。嬉しいですよ。ぼくなんて退屈なホテル住まいだから、原稿を出してしまうともう暇で暇で。どうやって寝るまでの時間を潰そうかと毎晩頭を悩ましてるんです」

と初対面の印象と変わらない気さくな笑顔で西川は言った。

「でもね」

美味そうにビールを飲み干すと、西川が秘密を打ち明けるような顔つきになる。「昨日も珍しい人から呼び出されたんですよ。今日は久平さんだし……なんか不思議な感じがします」

「珍しい人、ですか？」

「そうなんですよ。久平さん、知ってるかな？　深澤翔介って野球選手。今回のトライアウトにも参加してたんですけど」

心臓がドキリと鳴ったような気がして、可南子は息を止めた。西川に連絡を取った理由を見透かされているような気がしたからだ。自分が深澤の運転する車でここまで連れてきてもらい、さらに言えば興味を持っていることまで、この記者は知っているのかと焦った。

「深澤選手は知ってますけど……」

曖昧な言い方で答える。

「昨日、呼び出されてね。まあ旧《ふる》い知り合いなんですが、もう何年も口をきいてないから驚きました。たまたまこっちに来る用があったからって」

「なんか大事な用でも？」

「まあそうですね。どこかで野球ができないだろうかという相談でね」

「どこかで、野球？」

「ええ。トライアウト、だめだったって。でもどうしても諦められないから、どこでもいいから自分を獲ってくれる場所ないかって」

真面目な顔をして西川が言った。

「どこでもいいって……社会人野球とかですか？」

「いいや。プロ選手として現役でやれるところです」

「でも……それは難しいですよね。トライアウトもだめだったんだし」

「そう。日本じゃ無理だろうから、外国のプロ野球チームでと、深澤は考えているみたいです。なにか情報をくれとぼくに言ってきて」

もともと誠実な人柄なのだろう。世間話というふうではなく、深刻な口調で西川は言った。

「外国のプロ野球って……。メジャーリーグとかですか？」

可南子は首を傾げて言った。すると西川は、口を開けて楽しそうに笑い、

「久平さん、おもしろいですね。日本のプロで通用しない選手がメジャーにっていう道は

ないですよ。メジャーリーグは世界一のレベルですから」

と言った。笑い方が嫌味ではなかったので、可南子も素直に、

「私って何も知らないですね」

と笑った。

「深澤は、アジアのプロ野球にって考えてるみたいです」

「アジア？」

「韓国や台湾のプロ野球界で活躍している日本人選手はいますからね。プエルトリコやドミニカに行く選手もいます」

西川は言うと、たしかに深澤ならまだ外国で投げるチャンスはあるかもしれないと呟いた。

「ただ外国のプロは日本に較べるとかなり環境が厳しくなりますからねえ……。例えば台湾なんかだと、球場は狭い、汚い、荒れてるの三拍子。移動なんかも台北から高雄まで、バスで六時間とか平気ですからね。一軍の選手だって洗濯は自分でやらなきゃいけないし、まあとにかく待遇は悪い。一流選手ですら年俸は一千万そこそこっていう」

「そんな厳しいんですか……」

「そうです。でもそれでもいいから、プロの世界でやりたい選手もいるんです」

「……それでだめだったらどうするんでしょう。外国まで行って、そんな厳しい環境でやって、それからは？」

可南子は訊いた。日本を離れて挑戦したとしてもいつかは終わりがくる。一生プロ選手でいられることなんてないのだから。

「深澤はそんなこと、考えちゃあいませんよ」

西川がきっぱりと言う。日本のプロ野球界には、球団を解雇された選手の再就職を斡旋する機関がある。球団に残って働きたいというなら、なんらかの仕事をもらえる可能性もある。だが深澤の頭の中には、そんな考えはこれっぽっちもないのだと西川が言った。

可南子は「そうなんですか」と呟き、彼がどうしてそこまでプロにこだわるのか理解できないと思った。外国にまで行ってそれでだめだったらどうするのか。感心するというより同情に近い気持ちで、彼の情熱を捉えていた。

「まあ深澤の話はいいとして。久平さんは、何かぼくに聞きたいと言ってましたね」

西川が姿勢を正すようにして、椅子を動かす。

「ええ……」

自分の聞きたい話も、実は深澤に関することなのだと言い出せず、可南子は、

「あの……木下邦王監督のことについてです」

と言った。本当は、木下邦王監督に疎まれて深澤が東栄イーグルスを出されることになったという宮下の話の、詳しいところを聞きたかった。

「木下邦王？」

「はい。西川さんも彼の覗き行為についてはいろいろ知ってるんですか？　私はそういう事情を初めて知って、とても興味があって」

可南子が言うと、西川は合点がいったように微笑み、

「ぼくもいろいろ聞いてます。面白い話ですよね」

と頷いた。

「あんなにスパイ行為が巧い監督は、これから先も出てこないんじゃないかと思いますよ。スパイ行為はどの球団でも少なからずやってることでしょうが、木下のは半端じゃない」

こんな話がある、と西川は言った。木下監督が、一塁のランナーコーチの股間に十円玉大の銅板を付けさせたことがある。その銅板には電気が流れるように細工がされていた。なんのためか……。球種を盗み読むのが得意な木下監督が、手元のリモコンを操作して銅板に電流を流し、盗塁のサインを一塁コーチに送るためだ。

「ランナーに盗塁をさせる時は銅板に電流を流すんですよ。一塁コーチの股間が痺れたら、盗塁せよ、の合図なんです。なぜわざわざ股間に装着させたかというのがミソなんですが、

ゲームに熱くなった一塁コーチが木下監督のサインを見落とさないようになんです。股間が強烈に痺れると、どんなに他のことに集中していても気づきますからね」

漫画みたいな話だが、事実なのだと西川が言った。その一塁コーチが「絶対に秘密だぞ」と前置きをして西川に話してくれたのだという。酔った時に聞いた話だから、おそらく真実だろうと西川は笑う。

「すごいこと考えつきますね」

可南子が言うと、

「まあそういう小細工はあってもおかしくないでしょう。でも木下監督ほど賢い人間はそうそういないですよ。賢いことに加えて、あの男はやっぱり凄いとしか言えないくらい、勝つ能力があるのかもしれません。木下はキャッチャー出身でしょ。木下が現役の頃は、手首の皺を見て、相手ピッチャーの球種を読んだと言われてますよ」

何杯目かのビールを飲み干し、西川が言った。

「でも……そういう木下監督のやり方に同意できない選手もいますよね。正攻法でやりたいというような。そういう選手たちはみんな監督から疎まれて球団を追い出されるんですか」

可南子は訊いた。西川に不思議がられないよう、少しずつ訊きたいことの核心に触れていこうと思う。

「そうでもないですよ。本当に力のあるバッターは、そういう木下の指示を無視したという話も聞きます。事前に球種を知らされなくても、実力で打てるような選手は、木下の力は借りてないと思いますよ。逆に、木下のサイン無しではまったく打てないという奴もいたらしいですよ。それは人それぞれです」

西川はサイン無しで打てた実力のある選手の名を挙げた後、その逆に木下の恩恵だけで打率を上げていた選手の名を連ねた。まだ若いのになんでも知っているのだなと感心していると、

「野球オタクですから」

と嫌味なく言う。

「投手で……木下監督に背いて、疎まれて二軍落ちしたという選手がいると聞いたんですけど」

できるだけ何気ない様子を装い、可南子は言った。すると、西川は少し考えた後、

「そうですね。そういうの、あったと思います。きっと木下監督の全盛期でもある東栄イーグルス時代だな」

と記憶を取り戻すように頷いた。「木下監督の申し子と言われた名捕手、藤村茂高《ふじむらしげたか》が君

臨してた東栄イーグルス全盛期の話ですね」

東栄イーグルス時代の木下監督は、そのホームグラウンドである東神球場を利用して、巧妙な作戦を立てたのだと西川が言った。

「久平さん、東神球場には行ったことありますか？」

西川が訊いてきた。

可南子は答えようと唇を開いたが、西川の口から「藤村茂高」という名前が出てきたことに動揺してしまい、声にならなかった。指先が震え始めたので、テーブルの下に手を隠す。自分の心の中では何度となく繰り返した藤村の名前を、他人の口から聞かされて、現実感が遠のいていく。

「あの球場はね、日本で一番明るい球場なんです」

可南子の無言の反応を気にせず、饒舌に西川が言葉を繋ぐ。

「照明灯の三千ルクスもの光で照らされていましてね、木下はその光でもって、東栄日本一時代を築きあげたんですよ」

東神球場の照明灯は、一塁側から順に一号、二号、三号……と、六号機まで立てられている。その照明灯の数は他球場と同じなのだが、角度が問題なのだと西川が言う。

「……角度、ですか？」

「普通はね、一号機とホームベースと六号機を直線で結んだ間の角度は百度以上ないといけないんです。それが、東神球場は一号と六号の角度が百度を切っている。この角度がミソなんですよ。この球場では、キャッチャーの影がくっきりとバッターの視界に入ってくるんです」

「それが……スパイ行為となにか関係するんですか」

やっとの思いで、可南子はそれだけを言った。

思考が麻痺しているみたいに止まってしまい、西川の意図するところがわからない。

「つまり、球場を照らす光の角度が変わることによって、グラウンドにできる影の位置もまた変わってくるんです。木下監督は、この影を使ってバッターを心理的に追い込むことを考えついた。まあ覗き行為というよりも、騙し行為って感じですかね」

「影を使ってって……どういうことですか？」

「とても単純なことなんですよ。キャッチャーというのは、ピッチャーに対して、次の球を受けるためにミットを構えますよね。その構えた位置の影が、バッターにくっきりと見えるんですよ、照明の当たる角度が特殊な東神球場では。ミットを構えた位置と逆の球を要求して打者を惑わせるんです」

「そんなことができるんですか？」

「木下監督の元で、この心理作戦を巧妙に展開したのが藤村茂高でね。この男を得て、木下監督は日本一の名将に上り詰めたんです。まあ影法師を使った作戦は決して違法ではないですからねえ。藤村も木下監督に負けず劣らずの役者ですよ」

藤村もまた、この東栄イーグルス時代に右肩上がりで名声を得ていったのだと西川が言った。

可南子と出会ったのもおそらく、この頃だったのだろう。自信に満ち、常に熱を発しているような藤村の佇まいが、消せない記憶として可南子の脳裏に浮かんだ。

「でも、確かに、そうしたやり方を嫌う投手は少なからずいましたね。バッターの心理をかく乱させて勝つという手段を好まない投手もいたと思います。藤村のサインに従わず、自分の投球をするような……。さっき話に出た深澤なんかもそうだったと思いますよ。藤村に逆らうということは木下監督に背くということだから、結局奴も好成績を挙げていたにもかかわらず、二軍落ちしたんじゃないかな。それから東栄では浮上することはなかったと思います。そんな世界なんですよ、プロ野球も」

可南子が黙ってしまっていたので、西川がずっといろんな話を聞かせてくれた。「記事に書けないことですが」と、大衆週刊誌が喜びそうなゴシップも教えてくれた。でも可南子は、にこやかに相槌をうつことが精一杯で、彼の話は頭に入ってこなかった。酔った時のように、記憶に留まらない。深澤と藤村の思わぬ接点に意味のあるものを感じながら、もしかすると深澤は、考太の本当の父親を知っているのかもしれないと思った。

深夜の十二時を過ぎてから実家に戻ると、店の灯りがついていた。少し早いが佳代が起き出して仕事を始めているのかと思ったが、店の引き戸を開けると、考太の姿があった。

「おかえり」

考太は可南子の姿を見つけるなり、にこりともせずそう言って、眠そうに目をこすった。脚の錆びた丸椅子の上に体育座りをして身を縮こめている様子は、まだ幼児の頃の彼を思い出させる。

「考太、何してるの？」

「何って……お母さんの帰りを待ってただけ」

「なんで？　眠っていたんじゃないの」

「目が覚めた」

こんなところに考太を放ったらかしにして、と佳代への苛立ちが沸く。でも子供を置いて深夜まで出かけていたのは自分なのだ。可南子は咄嗟に反省し、考太の手をとり丸椅子から降ろした。

「眠いでしょう」

頭を撫でると、考太は素直に体を傾けてくる。

子供は……男の子は何歳くらいまで母親に側にいてもらい、触れていたいと考えるのだろうか。そんなことを思いながら、可南子は冷たくなった手を握りしめた。とても冷たかった。

「お母さんも寝る？」

「うん、もう寝るわよ」

「明日東京に帰る？」

「そうね。そうしようかと思ってる。そうそう仕事も休んでいられないしね」

寂しそうな顔も残念そうな顔もせず、考太は「わかった」と呟いた。

その夜は、一枚の布団で考太と並んで眠りについた。いつものように佳代は二組の布団を敷いてくれていたが、体を寄せ手を繋いだまま眠りについた。布団に入るとすぐに、寝息が聞こえてきて、その小さな呼吸音を聞いていると可南子はしだいに目が冴えてくる。窓から月明かりが入り、考太の寝顔がはっきりと見えた。この幼い寝顔をずっと記憶に留めておきたいと思った。

いつの間に眠りについたのか、朝は考太の元気な声で起こされた。

「早く起きなよ」

もう服まで着替えている考太が布団をはぐ。

「寒いっ」

可南子が茹だったエビのように丸く体をすくめると、考太は楽しそうに笑った。

「ぼくもう学校行くから。またなっ」

朝方まで起きていたせいか、体がだるくて起き上がる気力が出せないでいるところに、考太が勢いよく言った。

「もうそんな時間?」

「そう。学校はまだ始まらないけど、朝練があるからな」

これ以上話している時間はないという感じで、考太は早口で言うと階段を降りていく。重力を感じさせない軽い足音が、遠くなっていく。

可南子は慌てて布団から出て着替えると、階下に降りていく。考太はランドセルを背負って店に続くドアを開けて出ていくところだった。

「いってらっしゃい」

可南子が背中に向かって言うと、考太が振り返り、

「あっ、お母さん。いってきます」

とちょっとおどけたような表情で答えた。とても嬉しそうな顔をしている。

「いってきます。そしてさようなら、また会う日まで」

冗談めかしてそう言うと、考太は走って出ていった。ランドセルが考太の背中でかたかたと鳴っている。

「何時の新幹線？」

店の前に出て、考太の姿が見えなくなるまで見送っていると、奥の部屋から佳代の声が聞こえてきた。

可南子は店の引き戸を閉じ、居間に戻りながら、

「決めてないけど昼前には」

と答える。謙二がいない今も、佳代はいつもと同じ時間に朝ごはんを食べている。

「いつもこんなに早いの？」

「考太？　早いよ。少年野球のチームに入ってからは毎朝練習があるみたい。あんなに朝起きるのが苦手な子が、ちゃんと起きて出ていくようになったわ。おかげでこっちは楽になったけど」

最も遠いエリアの配達を終えたバイクが戻ってくる頃、考太は自分で起き出してくるよ

うになったのだと佳代は言った。

「わが子を家から送り出す日々は、幸せなことだよ」

これから海に出航していこうとする船を見送るような、空に飛び立っていこうとする飛行機を見上げるような、そんな気持ちに似ているのだと、佳代が言う。齢《よわい》を重ねてしまった自分にはとても行けそうにないところまで、わが子は今日も行ってくるのだなという誇らしさ。頼もしさ。

「いってきます。そう言って元気にうちを出ていくわが子を見送れる期間はそう長くはないよ。あなたはそういう大事な時を逃しているよ」

責めるでもなく何気なく言うと、佳代は時刻表を手渡してくれた。可南子は無言で受け取ると、くりこま高原発の新幹線の時刻を調べた。

いってきます。そしてさようなら。

ふざけた口調の考太の言葉が、もう一度心の奥で聞こえてきた。

8

可南子が木下邦王と直接会う機会を得たのは、西川から話を聞いてひと月も経たない頃だった。

一般紙の運動部にはさほど人数がいないので、スポーツ新聞社のように担当の球団を持つなど贅沢な配置はなく、記者は広い範囲でスポーツを担当しなくてはならなかった。プロ野球もやればアマチュアの試合も見なくてはならない。そんな広域な仕事の合間に、記者会見などその日限りの取材も飛び込んでくる。

木下の取材は、そうした一日限りのものだった。

「これ行かせてください」

木下が講演会をするという告示が、ファックスで流れてきていたのを可南子が見つけ、デスクに直訴した。

「それ？　選挙に向けての木下の宣伝だぞ」

元スポーツ選手が政界に進出するということに、ぼくは賛成できないと呟きながら、デスクは言った。

「だめですか？」

「まあ話題にはなるからだめじゃないけど。今日は、他に取材ないの？」

「今日はもともと内勤だったんです。来週掲載の原稿を二本ほど仕上げようかと思って。でもそれを家でやって、今日は木下邦王、行ってきます」

「なに、もしかして木下のファン？」

「そんなでもないですけど。私、会ったことないんで。一応、名将と呼ばれた人だから」

適当な理由をつけて可南子が言うと、デスクは渋々という感じで了解してくれた。取材に行かせたくないというのではなく、木下自体が好きではないというような感じだ。

「じゃあ原稿は三十行で送ってよ。おもしろいこと言ってたら五十行。紙面がきつかったら削るから、雑感も一本。カメラ持ってって、動きのあるやつ何枚か撮ってね」

「了解です」

講演会は都内の公民館で行われたが、木下の知名度のせいか大盛況だった。時間帯が昼間であったので、会場には仕事をリタイアして自分の時間を楽しんでいるといった年配の男性が多かった。木下と同世代かそれよりも少し下くらいの年齢層で、誰もが真剣な面持ちで壇上の木下を見つめている。彼らは同世代の木下がまだ衰えず、新しい世界に踏み込むことを応援しているようにも感じられ、それぞれの今後の人生にヒントを得ようと貪欲で真摯《しんし》な気持ちで会場に訪れているのだろう。現役時代、監督時代、そして七十を過ぎてもなおこうして人々を惹きつける人生というのは確かに誰にも送れるものではない。

ゆっくりと粘着質な木下の独特の喋りに、聴衆も、可南子自身も引き込まれた。講演の主な内容は、彼の野球人生だった。それはほとんど何かに書かれていたり、聞いたことのある内容ではあったけれど、彼自身の口から聞くとなるほど説得力のあるものばかりで、並大抵の努力でここまできたのではないことが伝わる。これからは政界でできることをやる、と力強い宣言で講演は締めくくられた。

講演会が終わった後は、特別に記者会見を開いてくれることになっていた。木下サイドとしては少しでも選挙に向けてアピールしたいという感じで、記者会見の会場も公民館の最上階にある特別室とでもいうのだろうか、豪華な部屋で執り行われた。木下はもちろんだが、記者にも簡単なパイプ椅子ではなくクッションつきの立派な椅子があてがわれ、お茶のサービスまである。

可南子を含めた五人の記者が、会場には来ていた。抜いた抜かれたのスクープではないので、みんなのんびりとした面持ちで座っている。

政界進出の理由や、選挙に向けての意気込みなどありきたりな質疑応答が続く中で、可南子は、

「なぜ監督を引退しようと決められたんですか」

と少し的の外れた質問をした。

木下は、一瞬訝しそうな顔をした後、

「それは引退の時の記者会見で話したよ」

と惚《とぼ》けるように言う。

「まだ監督としてご活躍されていたのに、野球をきっぱりとやめて政界というのも勿体ないような気がします」

可南子が言った。一定方向に流れていた空気が変わり、他社の記者たちが愉快そうな表情で可南子を見ている。他人のやる的の外れた行動は、自分に害がないならおもしろいものだ。

「まっ。監督業をこれ以上続けていてもボロボロになるだけだからね。不恰好には生きたくないだけだな」

人を食ったような口調で木下は言った。質問に不快感を見せたというのではなく、木下のいつもの口調だった。

「不恰好に努力して得たものは、器用に得たものより数段値打ちがあるものではないでしょうか」

可南子は言った。木下が自分よりずいぶんと高いところに在ることはわかっていた。雲の上、という言葉を思い出す。いくら矢を放ったところで、雲の上にいる木下の肝には届かない。それを承知で、言葉を放つ。木下には何にも動じない凄みがある。

「それは、能力の問題だな。きみ、誰もが器用に生きたいと思っているはずだよ。ただできないだけだ。器用にやれる能力のないものは、不恰好になるしかないんだな」

「能力ではなくて、生き方という言い方もあると思います。ずるいことをしたくなくて、あえて不恰好な生き方を選ぶ人もいるのではないでしょうか。そういう人を、木下さんはどう思われますか」

会見としては、個人的な興味だけを取り上げた質問をしているのは承知だった。だが木下はじっと聞いている。

「政治を執り行う身になったなら、そうした人を取り上げようと思うね」

木下が懐の深い笑みを見せた。地上から放った可南子の矢は、雲の入り口にも届かない。

それが、記者会見終了の合図となった。

木下が立ち上がり、他社の記者もいっせいに立ち上がった。可南子はまだ話してみたいことがたくさんあったけれど、皆に遅れて立ち上がった。緩慢な動作のせいで、部屋を出る時にはスタッフ以外のだれもいなくなっていた。全身から力が抜けているのに、心臓だけがものすごい勢いで鳴っている。

エレベーターが再び上がってくるのを待ちながら、「勝ち組」という言葉を思い出した。何年か前から使われるようになった造語なのだろうが、木下邦王という人はまさしくその組の象徴のような人だと思う。他社の記者たちが乗り込んだエレベーターが一階まで下り、そうしてまた上がってくる間、そんなことを考えていた。

「きみはどこの記者かな？」

チンという音とともにエレベーターの扉が開いたその時だった。後ろから声を掛けられる。低い声がフロアに響いた。

「木下監督……」

可南子が思わず口にする。

「いやもう監督じゃない」

余裕のある笑みを浮かべて、木下がエレベーターに乗り込んできた。可南子は慌ててバッグの中のケースから名刺を一枚取り出し、挨拶をする。

木下は目を細めて名刺を見た後、

「久平くんは結婚しているの？」

とのんびりした口調で言った。

予想していなかった問いかけに、可南子が驚きながら、

「いえ……独身です」

と答えると、木下は老眼鏡をずらすようにして可南子の顔を見つめた。そして、

「藤村と一緒にいたなあ」

と独り言のように呟く。

可南子は唇も思考も止まってしまい、押し黙ったまま立ち尽くす。

木下は「三階の控え室に行くからボタンを押してくれ」と可南子に言い、エレベーターが止まると、降りていった。

「藤村は、あれは器用な男だった」

右手を軽くあげて可南子に合図をすると、降り際に「閉」のボタンを押していく。早々と扉が閉じられていくその隙間から、可南子は分厚くて大きな木下の背中を見送った。

9

十二月は通常の仕事に加えて正月特集号に載せる原稿の取材などに忙しく、年末まで慌しく過ごしていた。年が明けると駅伝やラグビーが佳境を迎えるので、年末以上の仕事量に追われ、やっと一息つけたのは、二月も終わろうとする頃だった。考太には時おり電話をしていたけれど、彼の冬休みの間には一度も戻ることができず、寂しい思いをさせてしまった。

だから柚奈から突然電話がかかってきた時、とても嫌な予感がした。考太に何かあったのではないかという直感があった。

「ごめん、仕事中？」

周囲を意識して小声を出しているのか、柚奈の声はひどく聞き取りにくかった。

「どうしたの？」

職場の自分の席で原稿を書いていた可南子は立ち上がり、足早に部屋を出た。携帯電話を耳に当てたまま廊下を突き当たり、非常階段まで移動する。

「いきなりで悪いんだけど、お姉ちゃん、帰って来てくれない？」

電話越しの柚奈は、急いでいるようにも、苛立っているようにも聞こえる早口で言った。

「帰ってこいと言われても……。今仕事中なんだけど」

「考太が大変なのよ」

切羽詰まった柚奈の口調に、全身が冷たくなった。嫌な予感が的中した時の、心臓がうねるように動く感じが胸の奥でする。

「どうしたの？　考太に何かあったの」

「いま取り込んでるから詳しいことは後で話す。怪我とか病気とか、そういうのじゃないから。帰ってくるでしょ？　なるべく早くね」

肝心なことは何も言わないまま、柚奈が電話を切った。可南子はすぐに掛け直したが、柚奈が出ることはなく、仕方がないのでメールに「考太に何があったのか教えて」と書き、送信した。

その場で立ち尽くしたまま返信を待っていると、少ししてから、

「ちょっとしたトラブル。考太は元気です」

と柚奈からの短い文章が届いた。携帯電話の画面に向かって、可南子は小さな溜め息をつく。

席に戻り、引き出しの中に置いている時刻表を取り出して東北新幹線の時刻を調べる。今から急いで原稿を出して社を出れば、四時過ぎの新幹線に乗れるだろう。頭の中で何時に向こうに着けるか時間を計算しながら、視線を目の前のパソコンに移す。とにかく、今ある仕事を終わらせなければ。パソコンを叩く指先が、冷たく強張っていくのを感じながら可南子はパソコンのキイを叩いた。


新幹線がくりこま高原駅に到着すると、駅の改札に柚奈が迎えに来ていた。車を駅のすぐ近くの駐車場に停めているという。メールで到着時間を伝えていたのでそれに合わせて来てくれたのだろうが、これまでは迎えに来ることなどなかったので、そのことがよけい不吉な予感を強めた。

「トラブルって何？」

可南子は不安な気持ちを押さえ込むために、責めるような声を出した。柚奈は短い文章しか送ってこなかったので、可南子はまだまったく状況がつかめないままだ。

「考太がね、喧嘩したのよ」

駐車場まで小走りで駆けながら、柚奈が答える。

「喧嘩？」

もっと重大なことを覚悟していたので、気が抜けたような声が出る。

「まあ一言で言えば喧嘩なんだけど、相手の子に怪我させてしまってね。今病院にいるの」

「病院？　そんな大怪我なの」

「私も詳しいことはわかんないのよ。でもなんか、相手の親が激怒して……。ここはお姉ちゃんが来ないともう無理だと思って」

駐車場に着くと、柚奈は手早い動作で車に乗り込みエンジンをかけた。可南子も無言で助手席に乗り込む。アクセルを踏みこみ加速させると、柚奈は直接病院に行くからと言った。


謙二が入院していたのと同じ佐沼中央病院の駐車場に車を停めると、柚奈は険しい顔をして足早に病院の玄関口に向かった。可南子も並んでついていく。喧嘩のことや、相手の子供の怪我の具合や、いろいろと不安はよぎったけれど、考太が今どうしているのかがとにかく心配だった。

「考太っ」

だから廊下の端にぼんやりと立っている考太の姿を見つけた時、可南子の口から思いがけない大きな声が漏れた。考太の肩を抱くようにして隣に佳代が寄り添い、二人の後方に表情を失くした謙二が、杖に寄りかかるようにして立っていた。

「どうしたの？」

可南子が三人に向かってそう訊いた時、目の前の病室のドアが開き、きつい顔をした見知らぬ男女が出てきた。可南子が考太に駆け寄って、抱きしめようとした瞬間だった。

可南子は慌てて振り返り、自分を凝視している男女に向かって、

「久平考太の母です」

と頭を下げた。喧嘩をした相手の両親であることは、言われなくてもわかる。

あからさまな敵意を持って自分を見ている二人に向かって、

「このたびは、申し訳ございませんでした……」

と謝罪の言葉を言いかけた時、

「えらく遅いじゃないか」

と男が怒鳴った。「病院に運ばれてからもう四時間も経っているんだ。その間、うちの子は診察や検査を受けて苦痛を味わっているんだ。何やってたんだ」

怒りに満ちた声で男は言った。男の声に、考太の身体がびくりと震える。俯くその姿から、考太の表情はわからなかったが、泣いているかもしれないと可南子は思った。

「すいません、東京から参りましたので時間がかかってしまいました」

可南子が謝っても、男の態度が軟化する様子はない。男の妻が、男と同じ目で可南子を睨みつけている。

「それで容態は？」

無言だった謙二が、深刻な声で訊ねた。

「眠ったままですよ。文弥《ふみや》はCTを何枚も撮ったんですよ。そりゃあ大変な負担だわ」

女がなじる口調で言う。

ひとしきり言ってしまうと、二人はまた、病室に戻っていった。

「佐久間《さくま》さんっていうのよ」

佳代が側に寄ってきて、可南子の耳元で囁いた。「息子さんは佐久間文弥くん。今日ね、学校の帰りに考太ともみ合いになっちゃってね」

眉を寄せ、溜め息交じりに佳代が言った。まったく考太を責めない口調だった。

「お姉ちゃん、ちょっとこっち来て。お父さんたちはそこに座っててよ。立って待たなくってもいいわよ」

柚奈は長椅子の上に置かれた荷物を端に寄せてスペースを作ると、「早く座って」と三人を座らせる。

そして可南子だけを病室から離れた場所に連れて行くと、

「さっきまで考太の担任が病院までついてきていて、その担任から聞いた話だけれど」

と柚奈は前置きをして話し始めた。

学校の帰り道、考太と文弥、その他何人かの子供たちで歩道を並んで歩いていた。道幅は、子供五人くらいなら余裕を持って横並びできるくらいの幅だ。その道で、考太と文弥は喧嘩を始めたのだという。どのような喧嘩だったのかはわからないが、その最中に文弥が車道に押し出されてしまった。車道と歩道の間は灌木が並んで植わっているので、結構な勢いで飛び出したのだと思われた。文弥が車道に出た時、自転車が走ってきていて接触しそうになった。自転車に乗っていた人が急ブレーキをかけたので衝突はしなかったが、驚いた文弥がその拍子に転倒してしまい、頭をコンクリートにぶつけた。それで、自転車に乗っていた人が救急車を呼んだ。

「っていうのが担任の説明だったわ」

柚奈は淡々と、事のあらましを語った。

「担任って、山下《やました》先生ね」

「そう。若い男の先生。先生は文弥って子から事情を聞いたらしいんだけどね。考太がずっとだんまりで何も話さないから困っちゃって……。相手の子が考太が自分を突き飛ばしたって言うから、本当にそうなのかって考太に確かめてもみたんだけど」

納得がいかないという表情で柚奈が言う。

保育園の頃から目立って大柄な考太だったが、気性が荒いわけではなく、喧嘩をすることもなかった。自分から手を出すこともなく、むしろ苛《いじ》められて泣いて帰るような子供だった。なんでこんなことに……という思いが、心の中で強くなる。

「怪我は、どんな状態なの？」

「大したことないと思うわよ。念のためにCT撮りましたって感じ」

「そう。自転車に乗ってた人は？　無傷だったの」

いつの間にか胸の前で組んでいた手が震えているのを見ながら、可南子は訊いた。

「無傷よ。車道に飛び出して、その程度の事故だったなんて、運が良かったのかもね」

「よかった」

大きく息を吐くと、安堵で涙が出そうになる。

「その山下先生が文弥の両親に向かって、状況を確認してみるって言ったの。考太は何も話さないし、文弥くんからの話だけじゃなくて、その場にいた他の子供たちにもその時の状況を訊いてみるって」

だが、山下がそう説明すると、文弥の両親がとたんに怒りを露《あらわ》にしたのだと柚奈が言った。

「見なさいよ、山下先生。この久平くんの体格。子供たちは本当のことなんて言いませんよ。もし久平くんの怒りをかって報復されたらたまらないでしょう。八歳の子供だって、それくらいの知恵を働かすにきまってるでしょう」

文弥の父親は嫌味な口調で山下を説き伏せると、文弥が事故に遭い救急車で運ばれたことに胸が痛まないのかと詰め寄ったのだという。

山下から電話を受け、慌てて病院に駆けつけた謙二が謝罪しても、もちろん佳代が謝罪しても佐久間は聞く耳を持たず、「親はまだか」と何度も言ってくるので可南子に連絡をしたのだと柚奈は言った。

「ありがとう。ごめん。いろいろ助けてくれて」

仕事中に駆けつけてくれた柚奈に、可南子は礼を言う。

「いいのよ。でも考太が可哀想。あの佐久間って人に謝れ、謝れって何度も怒鳴られて。結局まだ謝れないでいるのよ。私はね、謝らない理由があると思うの、考太には。あの子は失敗を反省しない子ではないよ」

「そうね……」

「先生も考太に謝るように言ったんだけどね……。二人の諍《いさか》いがこういう事故を招いたということで、久平くんも反省して下さいって。あの先生も気づいてるのよ、考太の謝罪なしでは佐久間夫妻がおさまらないこと」

今その山下はいったん学校に戻っているのだと柚奈は言った。

柚奈と二人、廊下の隅で声を潜めて話していると、突然廊下中に響き渡る男の大声が聞こえてきた。慌てて声のする方に駆けていく。

「あんたらは、どんな、教育を、してるんだ。なんだ、この、ふてくされた顔は。自分のやったこと、反省してないのか。子供だからといって容赦はしない、人を傷つけたんだから、おまえは犯罪者だ」

佐久間が言葉をひとつひとつ区切るようにして、怒鳴っていた。威嚇し、潰し、ねじ伏せるような口調だった。

「なんですか、犯罪者って。どんなひどいことをうちの子がしたというんですか」

声が上ずり大きくなるのを抑えながら、可南子は言った。小柄な佐久間と可南子の目線はだいたい同じところにある。

「あのなあ。こっちは、常識的なことを、言ってるだけだ。まずは、謝れよ。さっきから何度も言ってるけど、お宅の、息子は、まったく知らん振りだ」

「うちの子が文弥くんと喧嘩をしていたんですね。それで文弥くんだけがこんなふうに怪我をしてしまったこと、本当に申し訳なかったことだと思います。すみません」

可南子は壁に張り付くように所在なく立っている考太の身体を引き寄せた。そして抗議の口調にならないよう、努めて冷静に「少し時間を下さい」と言った。考太とゆっくり話をしてみます。その後で考太にきちんと謝罪をさせます。

可南子は頭を下げた。考太にもお辞儀をさせようと背中を押したが、力に背くようにして考太が背筋を伸ばしてくる。可南子は頭を下げたまま佐久間の靴の先を見るようにして、彼の怒りが一時でも収まるのを待った。

その時、頭上から、

「謝罪なんて、しなくていいぞ、考太。話を聞かない人間に、礼を尽くす必要はない。あんたらの一方的な物言いには、うんざりだ」

という低い声が落ちてきた。それまで黙っていた謙二が、立ち上がり、厳しい目で佐久間を見つめている。

佐久間は苛立った目を可南子と謙二の間を行き来させた後、

「この祖父にしてこの孫あり、だな。これだから複雑な家庭環境の子供ってのは」

と吐き捨て、病室に戻って行った。

「ひとまず帰ろうよ」

張り詰めた静寂に、柚奈がひときわ暢気《のんき》な声を落とした。

「ここにいたって意味ないんじゃない？　だってあの子一日入院するらしいよ。ＣＴも異常なくてお医者さんは帰っていいって言ったのに」

柚奈はおもむろに考太のランドセルを背負うと、手提げバッグをぶらぶらと振り回しながら歩き出した。彼女の細い体に頑丈な黒のランドセルが乗っている姿は滑稽で、それを見て考太が少しだけ表情を緩めた。だがそれは一瞬のことで、また強張った顔に戻る。

謙二も佳代も、無言で柚奈の後に続く。謙二の杖の音が廊下に響く中、可南子たちは力なく歩いた。


柚奈の車で家に戻ると、病院での重苦しい空気をそのままに、みんな押し黙ったままだった。柚奈は「じゃあ私は帰るね」と自分の家に帰ってしまい、謙二は店で朝刊の折込の仕事をしていた。佳代も言葉少なに夕食の支度を始めている。

「大変だったわね。お母さん来るの遅くなってごめんね」

可南子は炬燵に入りながら、考太に言った。考太は部屋の隅で壁にもたれて座り、グラブを左手に嵌めいじっている。

「そもそも、喧嘩の原因はなんだったの？」

軽い口調で訊いた。考太はグラブにボールを出したり入れたりを繰り返したまま、何も答えない。

可南子の言葉が耳に届いているのかすらわからない、考太からの完全シャットアウトは、しばらく続きそうだった。むっつりとした表情はふてくされているわけではなく、彼の深い反省であることを、可南子はわかっているつもりだった。けれど、考太が何も言わないかぎり、彼が深く落ち込んでいることや反省していることは家族以外には伝わらない。今、柚奈がいたら……。気詰まりなこの場に妹がいてくれたら。こちらが度肝を抜くような意見を言ったり、決して常識的ではない本音を呟いたりして、考太の気持ちをほどいてくれるような気がする。考太が少しでも心を開いてくれるにはどうすればいいのだろうか。

お姉ちゃん、自分で考えなよ。母親なんだから。柚奈がそう呟いているのが、可南子には聞こえたような気がした。

炬燵の中で足を伸ばし、蜜柑を剝きながら、可南子は話し始める。

「お母さんね、考太が一歳になるまでの一年間、本当に大変だったの」

相変わらずグラブの中に白い球を投げ入れたり取り出したりし、考太はこちらを見ようともしない。

「赤ちゃんを育てるのって初めてでしょう？　まあどんな母親だって一番目の子供を育てるのは初めてなんだけど……」

ミルクを飲ませて、おむつを替えて、たまには散歩に連れ出して気分転換させて。お昼寝、沐浴、毎日毎日、考太だけにかかりっきりだった。体重五キロにも満たない、こんな小さな人間に、どうしてこれほどのエネルギーがあるのだろうと本気で考えたこともある。笑っている時の考太は本当に可愛くて。でも、どうしても泣き止まず手をつけられないほどに荒れ狂う考太が時々現れた。腹をすかしているわけでもなく、眠いわけでもない。散歩は充分にさせた……。一時間くらいずっと、それはそれは大きな声で泣き続ける考太にギブアップし、アパートの窓を全部閉め切って泣き声が外に漏れないようにしてから、ただ泣き止むのを待つことがあった。泣き止むというのではなく、泣き疲れて眠るという感じで収まるのだったけれど。

「どうして泣くのかなあって、本当に途方にくれたのよ。今でもなんであの時期、あんなだったのかなって思い出すこともあるの。でもきっと、お母さんにはわからない考太の苦痛や不満が、あったんだろうなということはわかる。赤ちゃんの考太が、何かを訴えてたんだろうって。親にはわからない子供の気持ちがあるんだろうって思うの。お母さんは今こうして考太に話しながら、その時の気持ちになってるのよねえ」

蜜柑の汁が飛んできて、目の中に入った。意外にも汁が目に沁みて可南子は手の甲で目尻を拭った。考太がちらりと、可南子の顔を見る。

「佐久間文弥くんと喧嘩したことを責めているわけではないの。ただどうして、その時の状況を話してくれないのかなあと。何も言わないと、何もわからないじゃない？」

一瞬の間こちらを見た考太だったが、また視線をグラブに落としている。

その時、店の方から謙二が可南子を呼ぶ声がした。

「すいません。遅くなってしまって。山下です」

五月の家庭訪問以来だから、約九ヶ月ぶりに会う考太の担任だった。


家の近くにある喫茶店に場所を移し、可南子は山下と向かい合った。

「このたびはいろいろとご迷惑をおかけしまして」

可南子が立ち上がり頭を下げると、山下も慌てて立ち上がり、同じように頭を下げる。

「お母さんとお話しするのが遅くなって申し訳ありません」

病院に付き添って文弥の怪我が大事に至らなかったことを確認した後、いったん学校に戻っていたのだと山下は説明した。本当はすぐまた病院に戻りたかったのだけれど、子どもたちに会って聞き取りをしていたのだと、山下は言う。

「聞き取り？」

「はい。あの事故の場所にいた子供たち全員に、話を聞いてきたんです。何人かいたもんですから、その子たちの話を聞くために家を回っていると時間がかかっちゃって。習い事をしてる子もいたりして……」

すっかりこんな夜になってしまって、と山下はまた謝罪を重ねる。

「こちらこそです。先生もお帰りになられる時間なのに……」

「いえ。緊急事態に対応する力っていうのが、教師の真骨頂ですから」

山下は、張りのある笑顔を見せる。

「喧嘩の原因はですね。久平くんが野球で八百長をしたというようなことを、佐久間くんが言ったからのようです」

何人かの子供たちが言っていたので、間違いないと思いますけど、と山下は首を傾げる。

「久平くんが少年野球に入っているというのは知ってたんですが、佐久間くんがなんでそんなことを言うのかなあと。佐久間くんが少年野球をしているという話は聞いたことないんでね」

最初のうちは、文弥が軽い口調で喧嘩をふっかけていたのを、考太は黙ってやり過ごしていたのだという。小突かれても、蹴られても「やめろよ」と呟くくらいで。だがその「考太は八百長をする」という言葉が出たところで、考太が反撃したのだと山下は言った。

「ぼくが聞いた話だと、周りにいた子供たち全員が、久平くんは悪くないと言ったんです。先に意地悪なことを言ってきたのは佐久間くんだし、手を出したのも。佐久間くんは歩きながら久平くんの足を蹴ったり、背中を拳で叩いたりしていたみたいです。久平くんのジャンパーの裾の所を佐久間くんが引っ張って、ちょうど小柄な飼い主がドーベルマンを散歩させるみたいにして佐久間くんが歩いてたって言うんですよ。それでもずっと、久平くんは我慢していた」

いいかげんにしろよっ。考太が怒鳴ったところで慌てて跳び逃げた文弥が、自ら車道に出ていったというのが、山下の説明だった。

「考太が……八百長ですか」

可南子は暗い気持ちになって言った。山下の目を見ることができず、テーブルの上に視線を移すと、冷めたコーヒーに薄い膜がかかっている。

「少し遅いですけど、病院の佐久間さんの所にも説明しに行こうと思います。そうしたら佐久間くんのご両親にも理解してもらえると思います」

「先生、文弥くんの言う八百長という揶揄は……私に関わる悪口だと思います」

可南子は言った。柚奈が、考太の机の中で昔の古い記事のコピーを見つけたと言っていたことを思い出した。自分と、片岡信二に関する写真誌の記事……。古い小さなこの町のことだ。他人に対する無責任な興味が、噂話に多少の悪意を加味して、静かに広まっていることも在り得るかもしれない。その悪意がせめて可南子自身にだけ向けられるものであってくれればいいのに……。

可南子は自分の目がきついものになっていくのを感じ、慌てて深呼吸する。

「お母さんに関する悪口、ですか。それはいけませんね。子供が一番言われたくないのは、家族の悪口です。子供だって親を守りたいですからね」

「複雑な家庭環境……が良くないんでしょうか」

佐久間に言われたことが、銃弾を打ち込まれたように胸に残り、まだ消えない。

「家庭環境ですか？　考太くんはいいですよ」

月曜日の朝、ぼくはいつも感じるんです。子供たちは充分にタイヤの空気を入れてもらったかなと。幸せな土曜、日曜を過ごした子供たちは、体中に元気を漲らせて、それこそ自転車のタイヤが空気に満ちて張りきっているようにして登校してくるんです。おお、家族に充分に空気を入れてもらったんだなとぼくは思います。子供たちだって毎日の生活の中で走り続けてます。楽な道ばかりじゃない。ちょうどそうです、自転車で凸凹道を通過する時のように下腹に力を込めて辛いことや嫌なことをエイヤと乗り越えてる。上《のぼ》り坂の時には息を切らしながら立ちこぎです。だから、どんなに新品の自転車でもタイヤの空気は減りますよ。

「久平くんは月曜日の朝、とてもいい表情をして登校してきます。あの子は口数も少なくて自己主張もあまりしないけれど、穏やかで友達に好かれてます。体も大きくてとびきり運動神経がいいからファンも多いですよ。ちなみにぼくもファンです」

普段の生活に問題はないので安心してくださいと言うと、山下は時計を見てこれから病院に向かうと告げた。すばやい仕草で鞄から財布を取り出すと、きっちり自分の分のコーヒー代をテーブルの上に置く。可南子がそれを手で制すと、「公務員ですから」といたずらっぽい笑みを返す。

あっという間に一時間近くが経っていた。これから病院に向かって、それから家に帰るとすれば山下の帰宅は十時を過ぎてしまうんじゃないだろうか。

「ありがとうございます」

可南子は心を込めて伝えた。深くお辞儀をすると、目の奥が痛くなった。感謝の気持ちが目から溢れそうになる。

喫茶店の支払いを済ませて店を出ると、ぬくもっていた体が冷気に包まれる。もうすぐ三月になろうとしているが、春はまだまだ遠い場所にあるのだろう。

ゆっくりと息を吸ったり吐いたりしながら、可南子は歩く。見上げると、夜空には半月が浮かんでいる。不恰好な半月が、頼りない感じに光っていた。

これまで考太と離れて暮らしてきて、何も問題がなかったことの方がありがたいんじゃないだろうか。ふとそう思った。生まれた時から父親のいない、母親も離れた場所で暮らしている、「複雑な環境」で育った考太があれほど素直に成長していることの方が奇跡なのかもしれない。

「どうしたらいいの……」

周囲に誰もいないのを確認してから、呟く。

家の明かりが見えてきた。普段ならこの時間は消灯しているはずの店の電気も、煌々と点いている。きっと佳代の配慮だろう。店の前に一列に並ぶカブや自転車のひかえめな光沢が夜に美しい。

「ただいま」

通りに面する店の引き戸を開け中に入ると、インクと紙の香りがした。店を通り抜け、居間に続くドアを開ける。考太も謙二も佳代も、まだ起きて座っているのが目に入った。

三人ともいつもならとっくに眠っている時間だった。考太は可南子の声に顔を上げ、怯えたような表情を見せる。

「おかえり。どうだった」

佳代だけが訊いてくる。

「いろいろ話をしたわ。先生が、考太や文弥くんと一緒にいた友達全員の家に状況の聞き取りに行って下さったらしいの」

「全員に？」

佳代は「あらあら。まあまあ」と驚きの声を上げる。

「それで結論から言うと、あれは文弥くんが勝手に道路に飛び出したんだということだったわ。考太が押し飛ばしたわけでも、追いかけたわけでもなくって、自分で慌てて駆け出したんだって」

可南子を見つめる考太が、ほっとしたように肩を落とした。謙二はテレビを消して真剣な眼差しで話を聞いている。

「よかったわ。それは本当にありがたい」

佳代が胸の前で小さく合掌し、搾り出すような声で言った。神さまがどこかで守って下さったのよと、震えるような小声で呟く。文弥くんの怪我も大したことがなかったので、これでほっとしたと。

可南子は山下から聞いたことを話した。文弥の悪口に考太が我慢していたことや、喧嘩ではなく、考太は文弥からの攻撃を振り払っただけで自分からは手を出さなかったことも。

佳代は頷きながら、謙二は黙って可南子の話を聞いていた。その時、

「文弥を殴ってやればよかった」

と考太が言った。

可南子は話すのをやめて、考太を見た。考太の口から出た言葉とは思えず、耳を疑う。

「あんなやつ、どうなってもいいんだ」

怒りを目に浮かべて唇を震わせ、きつい言葉を吐く息子を初めて目にする。

「考太……何言ってるの。そんなこと言ったらだめでしょう」

「あいつ、ぼくが八百長するって言ったんだ。八百長していつか捕まるって。野球なんてやめてしまえって……」

涙をこらえ呻《うめ》くようにして言うと、考太はその場で立ち上がった。

「どうしたのよ。先生も周りの友達も、考太が悪いわけじゃないって言ってくれてるのに。そんなこと言われたくらいで……」

可南子は口元に笑みを浮かべ、考太を宥《なだ》めるように言った。

「そんなこと……とは、なんだ」

その時、それまで黙っていた謙二が怒りを含んだ口調で声を上げた。麻痺の残る口元を思い切り開く。病院からずっと、ほとんど言葉を発さなかった謙二の強い口調に、その場が静まる。

「おまえに考太の気持ちがわかるのか」

謙二の怒りが自分に向けられていることにたじろぎ、可南子はしばらく無言で謙二を見つめた。

だが、反発を抑えられず、

「考太が悔しかったことは、私にだってわかるわよ。でも放っておけばいいじゃない。悪口なんて、言いたい人には言わせておけばいいのよ」

と言い返す。自分は考太の母親なのだ。息子の悔しい気持ちは誰よりわかっているつもりだ。

「お父さんこそ、なんであの場であんなこと言うのよ。佐久間さんの前で、考太に謝罪しないでいいなんて。事態を悪化させるような真似、しないでよ」

「謝らなくていい。そう思ったから言っただけだ」

「あんなこと言ったら収まるものも、収まらないでしょう」

「そんなことまで考えてない」

「考えてよ。もっとうまくやってよ。あんなこと言って衝突して、考太が傷つくことだってあるのよ。かえって面倒なことになるじゃない」

自分が大人になって引き下がってやり過ごす。これ以上嫌な思いをしないためには、冷静になることも必要ではないかと可南子は言った。しかし謙二は、可南子の言葉を跳ね返すように、

「面倒なことになってもいいじゃないか」

と強く言い返し、

「おまえには考太の気持ちはわからない」

とさっきと同じ言葉を繰り返した。

そして時間をかけて立ち上がると、無言で部屋を出て行った。謙二が店に向かって歩いていく、右足を引きずる音が、言い争いの後の沈黙の中に残った。

「寝てくる」

考太が下を向いたまま、部屋を出る。階段を上っていく音が聞こえたけれど、可南子はその後を追わずその場に座り込んだ。

「私も寝てこようかな。配達のトラックくるまで」

可南子の背中に手を置くと、佳代が言った。時計を見るともう十時を回っている。トラックが着くまで、もういくらも眠る時間がないことに気づく。

「あなたも適当に寝なさいね。疲れてるだろうし」

佳代の言葉に頷くこともせず、可南子は座り込んだまま動かない。力が抜けて動けなかった。みんなが自分を責めているような気がした。

足音を立てずに二階に上がり、そっと襖を開けて考太の眠る部屋に入った。考太は服のまま、布団の上に横になって寝息を立てていた。寒さに体を丸めている。エビのように丸くなった考太の背中に添うようにして、可南子も横になった。

自分も疲れたけれど、考太もずいぶんと疲弊しただろうなと彼の呼吸を聴きながら想う。文弥の怪我を心配し、不安になり、そして佐久間から攻撃され……。どれほど心を痛めただろうかと、考太の額に手を置きながら可南子は溜め息をつく。こんな時、他の母親ならどんな言葉をかけるのだろう。いつも子供の側にいて、日々を見守っている母親ならもっとまっすぐに子供の心に寄り添えるのだろうか。

（おまえには考太の気持ちはわからない）

さっき言われた謙二の言葉が、何度も頭の中で繰り返される。

考太の体を抱きながら横になっていたが眠れず、可南子は階段を下りていった。居間に入ると、謙二が炬燵に足を入れて座っていた。何をしているわけではなかったが、厳しい表情だった。

「私に考太の気持ちがわからないって、どういうこと？　お父さんにはわかるって言いたいの」

可南子は単刀直入に訊いた。冷静に話すつもりが、言葉が震えた。謙二はむっつりとした表情のまま考え込むような間をとり、

「おまえよりは、わかるかもしれない」

と言った。

「誰だって、自分の知らないことや、わからないことは恐ろしいもんだろ。大人だって恐ろしいんだから、考太みたいな小さな子供にとったらとてつもない恐怖になるだろう。おまえにはそれがわかるか」

可南子は首を傾げる。謙二が何を言っているのか初めのうちはわからず、少し考えてそれが考太の父親のことだと知った。

「考太に父親のことを話していないことが悪いと言ってるの？」

「隠すこと、ないだろう」

「それは私が決めたことなの。言う必要のないことだと、私自身が判断したのよ。世の中には言わなくてもいいことも、あるでしょう」

複雑な出生の経緯を聞かされたところで、考太は決して幸せな気持ちにはならない。そんなことをあえて話して、自分の出生を望んでいない人たちがいたということを自覚させる意味があるのかと、可南子は謙二に詰め寄った。

「自分勝手だな」

「自分勝手？」

「そうだ。自分勝手で誠意のない言い分だ」

謙二の怒りに満ちた声が、夜の空気に震えた。謙二の積年の思いが胸に迫ってくる。

「おまえは自分の都合で周りにいる人間を裏切っている。おれも母さんも、考太の父親が誰なのか知らされていない。家族なのに、だ。それは、おまえの心の中に、あの子の存在を後ろめたく思う気持ちがあるからじゃないのか」

謙二の怒りや思いを素直に受け止めることができず、可南子は睨み返すようにして一瞥すると、部屋を出て二階に上がった。私だって悩んだり苦しんだりしているのだ。私なりにいろいろ考えて、この場所で必死に生きているのだ……。いろんなことに打ちのめされて、久しぶりに喉に熱いものがこみ上げてきた。

翌朝目を覚ますと、考太はもう隣に寝ていなかった。考太の布団に手をやるとすっかり冷たくなっていたので、もうずっと前に布団から出たに違いなかった。可南子が慌てて起き出して階下に顔を出すと、佳代がもうすでに朝練に行ってしまったことを教えてくれた。こんな時でも野球の練習に行くなんてと、息子にとっての野球の存在の大きさに驚かされる。

「ちょっと病院に行ってきます」

可南子は急いで支度を済ますと、佳代にそう告げて家を出た。まだ八時前だったが、できるだけ早く文弥に会いに行った方がいいだろうと思った。

病院には九時前に着いたけれど、すでに文弥は退院しており昨日の病室は空っぽになっていた。掃除もされていて、シーツもきれいにかけられていたので、昨日そこに文弥が入院していたことすら、記憶違いかと思うほどだった。

ナースステーションの看護師に訊くと、文弥はその後も変わりなく、元気な様子で今朝早く退院して行ったのだという。

「よかった……」

廊下を歩きながら、可南子は呟く。ともかく元気になったということが何よりだ。病院の前のバス停から、考太の学校に向かうバスに乗った。文弥の両親に会えなかったので、山下と話をしなくてはいけない。昨夜、山下は可南子と別れてから再び病院に戻ると言っていたので、なんらかの話し合いがもたれたはずだ。山下が集めてくれた子供たちの証言を聞いて、佐久間は納得してくれたのだろうか。

暖房の効いた暖かいバスに揺られ、可南子は落ち込みそうな気持ちをなんとかまっすぐに立ててみる。道路沿いに植わる樹木はすっかり葉を落とし、厳しい季節に耐えている。落葉樹は、あの薄い葉を落とさなければ冬を越せない、枯れ果ててしまうのだと教えてくれたのは、中学校の理科の教師だった。

雪が、降るのだろうか……。バスの窓から見える景色にぼんやりと目をやりながら、自分はこの町に十八年暮らし続けたのだなと思う。面白みがなくて古くさくて……でも自分の故郷はここ以外のどこでもなくて。考太の通っている小学校は、二十年以上前に可南子も通っていた場所なのだ。

小学校が見えてくると、胸の中に懐かしい気持ちがこみ上げてきた。こんな時なのに幼い記憶が刺激され、自分の生きてきた歳月が、心の中に立ち上がる。もっと騒がしいと思っていた学校は意外にも静かだった。

「そっか。授業中か」

フェンス越しに見える校庭で、体育をしている児童が時おり声を上げたが、冬の空がその声すら吸い取っているように静かだった。吐く息が白かった。グラウンドに白い靄がかかっているように見えるのも、駆け回る子供たちの吐く息のせいだろうかと思ってしまう。

門には鍵がかかっていたので、可南子はインターホンで名前を言い、山下に面会したいことを告げた。自動的に門の鍵は開けられ中に入ることができたが、こんな時間に来てしまった自分の非常識さが歩幅を小さくさせる。

職員室では愛想の良い教頭先生が対応してくれた。授業はあと二十分ほどで終わるので、それまで少し待っていてほしいと言われた。


「お待たせしてすいません」

山下が現れた。次は体育の授業だからと言い、紺色のジャージ姿だった。

「突然来てすいません」

「いえ。こちらこそわざわざすいません」

あまり時間がないので、と前置きし、山下は昨夜の顚末を話してくれた。佐久間は山下の話をひととおり聞いて、納得したともしていないとも言わなかったけれど、とにかく謝罪だけは必要だと口にしたという。

「謝罪ですか？」

「はい。考太くんの口から謝りの言葉がないのは納得できない、と。どんなやりとりがあったにしろ、実際に怪我をしたのは自分の息子だからと佐久間さんはおっしゃるんです。ぼくもそれはその方がいいかなと思います。久平くんの口から一言反省の言葉があれば、佐久間さんも納得されると思うんです」

山下が申し訳なさそうにそう言ったところで、授業開始のチャイムが鳴った。可南子が佐久間の住所を教えてもらえないかと言うと、山下は住所と電話番号を教えてくれた。佐久間も可南子たちが自分の家まで謝罪に来ることを望んでいるようだと、山下は言った。

「わかりました。いろいろとありがとうございました」

かなり憤っていた佐久間だが、文弥の状態も重篤なものではないので、おそらくこれで事は解決すると思う。山下はそう言って住所を書いたメモを渡した。

校舎を出ると、いつの間にか雨が降っていた。来た時には少しは陽が差していたのが、まるで夕方のような暗さに寒さが増す。可南子は傘を持っていなかったので、歩くスピードを速める。考太の教室はどの辺りだろうかと校舎の窓を眺めていたがさっぱりわからない。どこからかリコーダーを合奏する音が聞こえてきた。

学校から帰宅した考太を伴って佐久間の家に来た時も、まだ雨は止んでいなかった。昼前から降り始めた雨は、勢いを緩めたり強めたりしながら、止まずに降り続けている。

「申し訳ありませんでした」

玄関先に考太と並んで立ち、可南子は頭を下げた。佐久間夫妻と文弥を見上げる恰好になった。可南子がここに来る前に洋菓子屋で買った包みは受け取ってもらえず、三人の足元に置いてあるままだ。

「だから何度も言ってるように、子供に謝れってことですよ。母親ばかりが謝っても仕方ないでしょうが。子供が反省しなきゃ、また同じことが繰り返されるでしょうが」

病院で会った時よりも落ち着いていたが、不快感を露にした表情と声はそのままに、佐久間が鼻腔を膨らます。

可南子が謝りに行こうと言った時、抵抗すると思っていた考太は驚くくらい素直についてて来た。それなのに、佐久間の家に着くとまた、下を向いたまま黙っている。

「考太。もしかすると取り返しのつかない大事故に繋がっていたかもしれないのよ。考太も謝りなさい」

だらりと垂らしている考太の腕を引っ張り、可南子は言った。「お願いだから」と。

意地の悪い薄笑いを浮かべた文弥の顔や、非難めいた文弥の母親の方を極力見ないように、可南子は深くお辞儀をする。佐久間の溜め息と重い沈黙に、可南子と考太は押し潰されそうになっていた。見えない圧力から考太を守ろうと彼の両方の肩に可南子は手を添える。

「なんかねえ。愛情不足の子供っていうのは何かにつけて反発するもんなんですよ。わかります?」

「はい。わかります」

「親から愛情をたっぷり注いでもらっている子供は素直になれるものなんだ、どんな時も」

「はい」

「親が受け止めてくれるって信じてるから。うちの文弥なんて、なんでも思ったことを口にするからねえ、それはどんな時でもね」

「はい……」

「ストレスをね、ぶつけてるんですよ、おたくの子供は。よその子供を自分の満たされないものの、はけ口にしてるんだ。わかる? 母親なんだったらそれくらいわからないとだめでしょうが。うちの妻はね、ずっと文弥のことを見てやってるんだ。どんなささいなことも見逃さないようにね。外で働くのもよろしいけど、仕事より大切なものあるでしょう、母親は。それにだ」

その時だった。

「ごめんなさい」

考太が言った。はっきりと、力強い声だった。

驚いた佐久間の、早口が止まる。

「ぼくが悪かったです。ごめんなさい」

顔を上げた考太が、文弥の目をしっかりと見据えて言う。考太の両方の目から涙が溢れ、流れていた。

可南子は考太の腕を摑んでいたので、彼の身体が震えているのがわかった。考太の涙はしだいに烈しいものに変わり、可南子に彼が生まれた瞬間を思い出させた。

考太が涙を流しているのを見ると、文弥の母親が口の端で笑った。母親は、夫の背中に触れると、

「もういいんじゃない」

と勝ち誇ったように言った。

「もういいですよ。帰ってください」

佐久間がくぐもった太い声で言うと、文弥と母親が背中を向けて家の中に入っていこうとする。はい、ここまで。これまで執拗に謝罪を求めていた佐久間は、満足したのか今度は一秒でも早く来訪者に退いてほしいように見えた。

堰《せき》を切った感情を止められず、隣で考太がしゃくりあげていた。涙と鼻水で、顔中が濡れている。

「ちょっと待ってください」

背を向けた三人に向かって、可南子は声をかけた。

「うちの子への謝罪がまだなんですが」

久しぶりに出す、腹に力を込めた声だ。

「考太は文弥くんに謝りました。今度は文弥くんも謝ってください。考太を傷つけた言葉に対する謝罪をしてください」

戻ってきて怪訝そうな顔を向ける佐久間の目を見て、可南子は続ける。「考太は文弥くんに野球で八百長をすると言われたんです。どうしてそんなことを言われないといけないんですか。考太が本当にそんなことをしたんですか」

「そんな大した問題じゃないだろう。子供同士の口喧嘩なんて……」

「傷は目に見えるものばかりではないんです。私は心の傷も、身体についた傷と同等のものだと思います。いえ、身体につく傷以上の辛いものです。考太にも謝ってください」

文弥くん、謝って。可南子は家の中にいる文弥に聞こえるように大きな声で言った。母親も文弥も、今度は玄関に出てこようとはしない。

「八百長という言葉は、誰が教えられたんですか。二年生にしては、文弥くんは言葉をよく知ってますね。そんな言葉を、文弥くんが考太を選んで使ったことに、私は何か特別な悪意を感じます」

可南子は佐久間の両目を見て、ゆっくりと言った。考太の出生について、あるいは佐久間がおもしろおかしく文弥に教えたのかもしれない。

「文弥くん、謝ってくれないの？」

事件が起きた時に周りにいた子供たちは、状況をすべて知っている。子供を馬鹿にしてはいけない。子供なりの正義を持ち、子供なりに正義をふまえた人の見方をするのだ。考太に謝罪しないのなら、あなたは明日から卑怯者になる。可南子は姿の見えない文弥に向かってそう言った。

「子供が冗談で口にした言葉尻を捉えて、そんな必死にならなくてもいいだろうが」

「佐久間さんは、言葉の針という言い方をご存知ですか？　言葉に含まれる害意、という意味です。父親として、文弥くんが考太に言った言葉について反省させてください。文弥くんが卑怯な人間にならないように」

可南子は奥の部屋に届く声で言うと、

「それでは失礼します」

と話を切った。そして、考太の手を握った。手を繋いで、二人で玄関を出る。考太はもう泣き止んでいて、可南子の手を強く握り返した。

「雨、まだ降ってるね」

考太と並んで坂道を下りながら、可南子が声をかける。さっきまで繋がれていた手は傘を差すために離され、考太は口を閉ざしたままだ。もう泣いてはいないが、俯き歩く考太の背中は小さく丸まっている。

傘を差しているのに、考太の背中は雨に打たれていた。傘が前に傾き、体の半分が無防備に濡れている。可南子はその背中に自分の傘を差し掛け、歩いた。

「ねえ考太。柚奈から糞バクダンのこと、聞いたことある?」

さっきから何を言っても頷くだけの考太に向かって、可南子は話した。柚奈が昔、腹立った家の前に犬の糞を置いて仕返しをしたという、例の話だ。

「たしかこの辺りの家だったな。お母さんも一度だけ柚奈と一緒に来たことあるんだよね、糞バクダン設置しに」

本当だった。理不尽なことに対する怒りや悔しさを、抑えられなかったことが自分にもあった。新聞の契約を一瞬の感情で解約されることなんてよくあることだと両親は淡々としていたが、幼い姉妹は許せなかったのだ。

考太は黙り込んだままだったけれど、可南子の話は聞いているようだった。糞バクダンを作った後はきまって、柚奈の手が驚くくらい臭かったというくだりで、考太は少しだけ笑った。

翌日、考太は何事も変わりなく起き出してきた。昨夜は、家に戻るとすぐに謙二が考太を誘って銭湯に行った。たまに行く銭湯だったが、身体を悪くしてからは初めてのことで、佳代が謙二の麻痺した身体を心配して止めたにもかかわらず、バスに乗って行ってしまった。

風呂から帰ると考太はすぐに眠りこんでしまったのでほとんど話すことがなかった。可南子は、考太が朝になると「学校に行きたくない」と言い出すのではないかと心配して構えていたが、いつも通りの朝だった。

「あれお母さん、いつ東京に戻るの？」

おはようの挨拶より先に考太が訊いてくる。本当は昨夜最終の新幹線で戻る予定だったが、考太が学校に行くのを見届けてから帰ろうと考え直した。

「もう少ししたら帰るわ」

可南子が言うと、いつものように「ふうん」とだけ答える。

「大丈夫？」

可南子は訊いた。

「大丈夫。いってきます」

ランドセルを背負うと、勢いよく走り出す。昨日のように丸まった感じではなく、ランドセルが小さく見えるほどしっかりと張り切った背中だった。

10

考太がいつもと変わらない様子で学校に行くのを見送ると、可南子は全身から力が抜けるくらい安心した。そうなると急に、仕事を放り出してきたことが気になる。もちろんデスクに休みをもらって来ていたが、会社を出たきり一度も連絡を入れていない。荷物は昨夜のうちにまとめておいたので、これからすぐ会社に戻ることはできる。

会社に電話をしようと思ったが、時計を見ると朝八時を過ぎたところだった。こんな時間に電話をかけても運動部は誰もいないだろう。仕方がないので吉田にメールを打ってみる。アドレスは知っていたが、メールを出すのは初めてだった。

店では全地域の配達が終わり、一息ついている時間帯で活気があった。佳代が配達員たちに温かいお茶とお菓子をふるまっている。毎日欠かさない、配達員への気配りだ。可南子は店に出て、そんな朝の光景を眺めていた。ストーブの前で暖まっている配達員もいれば、佳代と楽しそうに談笑している者もいる。謙二は老眼鏡をかけて、動くほうの左手で何かをノートに書きつけている。一昨日の夜に言い合ったきり口をきかず、可南子の方は見ようともしない。

可南子は、まだインクの匂いのする朝刊を開いて一面から丁寧に読み始めた。

ポケットに入れておいた携帯電話が着信音を鳴らした。吉田からだった。今から東京へ戻るという可南子の連絡に対する返事で、明日の午前中でも構わないというものだった。年末年始の休みも取れてないのだから、休めるところで休みましょう。相変わらずあっさりとした、それでいて少し温かい感じがする言い方だ。

新幹線は最終の便に変更だ。東京に戻るのは、考太が学校から帰ってくるのを待ってからにしよう。可南子が側にいる佳代に向かってそう告げると「それがいいよ」と返ってきた。

「ただいまあ」

玄関先で声がした。だらけていたはずの身体に力が入る。

「おかえりなさい」

可南子は立ち上がり、考太を出迎えた。

「あれ、お母さんまだいたの。もう東京に戻ったかと思った」

「朝に帰る予定だったけど、最終の新幹線にしようと思って」

「そうか」

ランドセルを下ろし、ジャンパーを脱ぎ捨てながら考太が素っ気ない感じで言う。慌てているのでどうしたのかと訊くと、これから野球の練習があるのだと返ってくる。

「どうだった、学校？」

「別に。普通」

「普通ってどういうこと？」

「普通にいつも通り楽しかったってことだよ」

可南子との会話もおざなりに、考太は急いだ様子で部屋の中を行ったり来たりしている。

「文弥くんは？　学校に来てたの？」

「来てたよ」

「なにか喋った？」

深刻な口調にならないように、可南子は訊いた。考太は動作を止めて可南子の顔を見ると、

「謝ってきた」

と、不思議な出来事を話すように言った。

学校の授業が終わって下校しようとした時、文弥が考太の側に寄ってきて、小さな声で「ごめん」と言ったのだという。

「謝ったんだから、仲間外れにしないでって。文弥がそう言うんだ。そういえばさ、今日はあいつ朝からずっと一人でいて、休み時間のドッジにも入ってこなかったし、誰とも話そうとしなかった。……仲間外れにされてるって思ったのかな」

「それで考太はなんて答えたの？」

「そんなことしないよ、って」

屈託のない顔をして考太が言うので、可南子は「そっか」と小さな声で答える。それを可南子の心配と感じたのか、

「もう喧嘩はしない」

と考太はつけ加えた。

「今日は大事な練習試合だから」

スポーツバッグに野球の道具を詰め込み、考太は「いってきます」と家を出ようとする。あまりに鮮やかに準備が終わり、あっけなく出ていこうとする考太の背中に、

「頑張ってね。練習試合」

と慌てて声を掛けた。

考太は振り向くと、可南子の目を見て丁寧な笑みを浮かべてくれる。

「今日はチームで二つに分かれて試合するんだ。紅白戦だけど、その試合内容を見て、監督が公式戦のレギュラーを決めるって。すごく大事な練習試合なんだよ」

考太はわかりやすく説明すると、

「絶対勝つっ」

と握った手を上に突き上げた。そうしてまた大きな声で「いってきます」と出て行った。

あっけにとられるようにして可南子はその背中を見送った。考太が部屋にいた十数分、エネルギーの塊が何度も爆発するような感覚だった。子供の持つ渦巻きみたいなエネルギーに気圧される自分に、顔が綻《ほころ》ぶ。

「あの子帰ってきたの？」

考太が行ってしまってからすぐに、二階から下りてくる佳代の足音が聞こえた。襖を開け顔をのぞかせると、佳代が訊ねる。

「今行ったとこ。学校から帰ってきたと思ったら、もう出て行った。今日は野球の試合だからって」

「元気だった？」

「そうね。普段通りだった」

ポットから湯を注ぎ、熱い煎茶をすすりながら佳代が微笑む。自分は娘二人しか育てた経験がないから、男の子には驚かされることばかりだと呟いている。

「お母さん、考太の野球チームって、小学校の裏のグラウンドで練習してるのよね？」

「そうよ」

「ちょっと見に行ってみようかな。今日は練習試合だって言ってたし」

言いながら可南子は立ち上がり、上着を羽織る。野球は好きではないと決めていたけれど、素直に気持ちが動く。

「あいつには才能がある」

前に深澤が口にした言葉を思い出す。親ばかとは思いつつ、考太がどんな顔をしてプレーしているのかと思うと、靴を履く数秒がもどかしく気持ちがはやった。


グラウンドに近づくと、子供たちのかけ声が聞こえてきた。幼いながらも真剣な熱気が空気に漂っている。グラウンドには監督やコーチらしき男性の他にも何人かの大人の姿があった。可南子は近づいて挨拶するのも大げさかと思い、グラウンドには入らず、目立たないようにフェンス越しに考太の姿を捜した。

守備のチームも攻撃のチームも、同じ白いユニホームを着ている。チーム内での練習試合だから当然のことで、可南子は注意深く守備につく子供たちの顔を見ていった。

守備チームに考太はいないので、攻撃の方だろうか。スコアボードでは今攻撃をしているチームが五点差をつけてリードしている。

「勝ってる、勝ってる」

小さな声で呟くと、可南子は頬が緩むのを抑える。

チームの攻撃が終わり、攻守が入れ替えになる。攻撃をしていた選手たちがそれぞれグラブをはめて跳ねるようにグラウンドに出ていく中、可南子は考太の姿を探す。まだ華奢な少年たちの中でひときわ体格の良い考太は、目立つはずだった。

ところが、考太の姿はどこにも見当たらなかった。ファースト、セカンド、ショート、サード。ライト、センター、レフトを二度ずつ確認したが考太ではなかった。ピッチャーは痩せて眼鏡をかけた少年だった。マスクをかけたキャッチャーかとも思ったが、キャッチャーの少年は考太の体格ではなかった。リリーフの投手としてどこかで待機しているのかと探してもみたが、それらしき姿はなく、可南子は不安で胸が締め付けられそうになった。考太は、あの子はどこにいるのだろう……。野球へ行くと言って、どこへ行ってしまったのだろう……。ここへ来るまでの間に何か事故にでもあったのかもしれない。事件に巻き込まれたのかもしれない。もしかすると初めから野球などしていなくて、どこかで家族の誰も知らないおかしなことをしているのかもしれない。

可南子は、監督らしき人物の方に向かって歩いた。試合中だったけれど、考太について訊かなければと思った。心のどこかで「ただグラウンドを間違えただけなのかもしれない」という思いがあった。ここは考太の所属する野球チームではないのかもしれない。

「守っていこうっ」

一直線に監督に向かって歩いていると、どこからか声が聞こえた。大きな大きな声だった。紛れもなく考太の声で、可南子は必死で声が聞こえてくる方向を探った。

「気合いれるぞっ」

また聞こえてきた。明らかに遠くの、グラウンドではない方向から声は聞こえてくる。目を細めて声のする方向を凝視すると、グラウンドの周りに植わる樹木の向こうに、白く動く影が見えた。影が、大きな声で「しっかりいけよっ」と怒鳴っている。

「あの男の子は何をしてるんでしょうか」

試合を見学していた保護者のひとりに、可南子は話しかけた。選手の母親であろう気の良さそうなその女性は愛想よく微笑むと、

「久平くん？　ああ、あの子はあそこで壁になってくれてるんですよ」

「壁？」

「ええ。たまにホームランとか出ると、ボールが道路に転がっていって危ないんです。近所の方から苦情が出てね、それで道路にボールが飛び出さないように久平くんが壁になって捕球してくれるんです。それに、たとえ道路に出ちゃっても、あの場所にいればすぐに拾いにいけるでしょう」

「それって球拾いってことですか」

「そうそう、そういう感じです」

屈託なく言うと、女性は熱心な視線でグラウンドを見つめた。

「球拾いは交代でするんですか。選手たちみんなで」

可南子は忙しそうにわが子を目で追う女性の耳元で訊いた。

「交代……なのかどうかは、はっきりわからないです。試合に出ない子の中で交代してるのかな。でもあの場所は久平くんがいつも守ってる気がしますね。あの家の苦情がうるさいから」

女性は考太の立つ後ろ側にあるレンガ色の住居を指差した。あの家の主婦が主となって苦情を言ってくるので、球拾いの上手い久平くんがあの定位置に立っているのだと女性は教えてくれた。

「そういえばお見かけしないお顔ですね。どちらの……お母さん？」

ふと思い出したように、女性は言った。

「私は……今度息子が野球を始めたいと言ってますので見学に。いろんなチームを見て回ってるんです」

「そうなんですか。うちは結構強いですよ。監督も熱心ですし。でもそのぶん保護者が大変ですけどね。子供がレギュラーになれるかなれないかも、保護者のチームへの関わりで決まるくらいですから」

「そんなこと、あるんですか？」

「ええ。保護者は当番制でお茶を作ったり、車を出して試合会場への送り迎えをしたりするんです。しない保護者もいますけど、そういう家の子はやっぱり監督によく思われませんねえ。監督は甲子園出場経験もある人なんですが、結構クセのある人でね。最終的には好き嫌いでレギュラーも決めてしまいますしね。全国大会とか目指すならうちのチームおすすめしますけど、楽しく野球をすることが目的ならば、もっとのんびりしたチームの方がいいかも」

攻撃が終わり、また選手たちが入れ替わった。女性の息子は攻撃側になり、打順が回ってくる様子で、口を閉ざしてゲームに集中し始める。可南子は樹木の向こうにいる白い影に視線を戻した。

「声出していけっ」

考太の声が聞こえる。考太には攻撃も守備もなく、定位置はグラウンドの外なのに、威勢のいい声を出し続けている。可南子には考太の声が誰よりも大きく、グラウンドに響いているように聞こえた。

試合が終わり、その後にまたランニングが始まって、すべての練習が終わるのを待っていると午後の六時を回っていた。その間可南子は何度も実家に戻ろうとしたのだけれど、その場を立ち去れず、考太の姿を遠目に追った。そんな可南子を人が見ればふてくされた表情をして立っていると思うだろうが、本当は涙が出そうになるのをこらえていた。「絶対に勝つ」と言って家を出て、グラウンドの外で人一倍声を張り上げていた息子が不憫に思えた。なによりも、自分がまったく監督に相手にされていないことを家族のだれにも言わずに過ごしてきた考太の気持ちを考えると、やりきれない気持ちになった。

「お母さん……」

練習を終えて帰路についた考太が、可南子を見つけた。ユニホームのズボンが土で汚れていた。試合で汚れたのではなく、ベースランニング中に滑ってこけたからだ。

「おかえりなさい」

可南子は無理に笑った。

「いつからここにいたの？」

「ずっと」

「ずっと……」

笑おうとして、考太の頰が引きつった。考太の目を見ていると、色んな思いが交差しているのがわかる。考太から言わせてはいけないと思い、可南子は、

「球拾いやってたね」

と言った。軽い口調で言えた。

考太は失敗が見つかった時の表情で一瞬目を逸らした後、すねたような顔を作って、

「うん」

と小さく答えた。

「練習前のダッシュで、足くじいたんだ。それで今日は試合に出られなかった」

考太は右足を持ち上げ、自分で足首を摑むと、「ここんとこ」と可南子に見せた。可南子は「湿布しないとね」と言い、考太の肩にかけられた荷物を持ってやる。夕暮れが深ま

り、少しずつ考太の表情が見えなくなっていく。並んで歩きながら、可南子はいつの間にか自分たちは手を繋いで歩く習慣がなくなったなと思う。男の子は知らないうちに成長し、気がついたらとんでもなく遠くに行ってしまっている。そう教えてくれたのは誰だったろうか。

「考太は野球、好きなの？」

可南子は訊いた。

「好きだけど……なんでそんなこと訊くの」

「どうして野球なんだろうかと思って。サッカーとか水泳でもいいじゃない。考太だったら背も高いしバスケとかっていうのも」

どうしてよりによって野球なのかと、可南子はいつも思っていた。

「お母さんだってチーズケーキが一番好きだろ。苺ショートよりチョコケーキよりチーズだって、いつも言ってるじゃないか。それと一緒だよ」

考太がそう言うので、可南子が眉をひそめて首を傾げると、

「好きなもんって、決めなくても決まってるんだ。そうだろ？」

考太は言い聞かすように言った。

「……お母さん、おとといの夜おじいちゃんが言ってたことどういう意味？」

「おとといの夜？」

「ぼくの存在を後ろめたく思う……みたいな」

可南子の呼吸がぴたりと止まる。大げさではなく、本当に呼吸をすることを忘れるくらいに驚いたのだ。

「聞いてたの」

「うん。寝てたけど、なんか喧嘩するのが聞こえてきて……。しょうもないなと思って聞いてたら聞こえてきた」

寝ているとばかり思っていたが、考太はもう小学二年生なのだ。眠っているふりをして息を潜めて話を聞くということくらい、誰に教わらなくてもできる。

「ぼくのお父さんって悪い人なの？　だからお母さんは誰にも教えてないの？」

考太の百四十センチを超える身長は、可南子の首元まで迫ってきている。急速に大きくなっていく身体とともに、考太の心もきっと、可南子の知らないところでずいぶんと育ってきたのだろう。

「悪い人ではないよ、全然。お母さんは考太のことを自分だけの子供にしたくて、だから父親のこと誰にも話してないだけ」

「どういうこと？　意味わからない」

「考太にはお母さんがいれば充分だろうと思ってたの。だから別に父親のことはどうでもいいかなって」

「まあ……充分といえば充分だけど」

しどろもどろな口調で考太が言う。いつかはこの話をしなくてはならない日が来るだろうとは思っていたが、可南子の考えていた「いつか」はまだずっと先のはずだった。

「考太は……自分の父親がだれか知りたい？」

搾り出す思いで言葉にした。

「まあ……どっちでもいい」

考太もまた、言葉少なに言う。

気詰まりな沈黙が、二人の間に流れる。足音だけが沈黙の隙に埋まるが、考太が地面を擦るようにして歩くその音は、妙に哀しかった。可南子は気持ちを整えて、胸を張るように背筋を伸ばすと、

「難しいことを言えば、考太の父親である人は、お母さん以外の人と結婚をしていてね。だからお母さんとは結婚しなかったのよ」

と言った。人前で国語の教科書を読むように、しっかりと話した。

「じゃあなんでぼくは生まれたの？」

びっくりしたように可南子の顔を見上げると、腑に落ちないという顔で考太が訊いてくる。

「私が考太を産みたかったから」

「お父さんは……ぼくのお父さんになりたくなかったの？」

「そういうわけじゃないけど、その人には結婚している奥さんとの間に子供がいたから、考太だけのお父さんにはなれなかったの。残念だけど」

「じゃあもしもその人に会ったら、ぼくはなんて言ったらいいのかな。……まあ会うわけないけど」

考太はこれまでにたくさんしまいこんでいた疑問を、あちらこちらのポケットから取り出して訊いてくる。

「それは……もし会うことがあったら、その時に考太が考えればいいんじゃないかな。今考えてもわからないでしょ」

「ふうん」

子供の頭ですべてを理解することは難しいだろうが、子供騙しではない説明をしなければ考太に失礼だと可南子は思った。

「その人、どんな人だった」

きっと長い間一番知りたかったであろうことを、考太は訊いてきた。緊張した面持ちが暗がりに揺れる。

どんな人だった——？　そう問われることがこの先必ずくるだろう。その時自分はなんと答えるだろう。これまで何度となく、この質問の答えを自分は考えてきた。考太が幻滅するくらいに悪く言うべきなのか。安心するように人柄を褒めるべきなのか。それとも取るにたらない退屈でつまらない男だったと伝えるのがいいのか。そんなことを繰り返し考え、そして今、本番の時は来た。

「野球がすごく上手かった。ううん、すごくというレベルじゃないなあ、とてつもなく、たぶん今なら大リーガーになれるくらいに上手かった」

可南子はこれまでに一度も考えたことのない言葉で、考太に父親を伝えた。嘘ではない。藤村はきっと、今も現役ならメジャーリーグを目指していただろう。

「もしかしてプロ野球の選手だったりして」

嬉しそうに考太が言う。

「そうよ。考太の父親はプロ野球の選手だったの」

可南子がそう伝えた時の、考太の様子は一生忘れないだろう。歩いていた足を止めて深呼吸したかと思うと、

「やった」

と一言、呟いた。全身に喜びが満ちていくのがわかる。興奮、歓喜、高揚……どんな言葉で表せば的確なのかわからないけれど、今この瞬間は、屈託なく父親の存在を受け入れてくれたことに、可南子は安堵を覚えた。

「だから……考太もきっと、野球が上手になるわよ」

可南子は言った。

「そうだな。間違いないな」

背筋が伸びた考太は、さっきより大きく見える。

「たぶん。たぶんだけど……ぼくはチームの中でけっこう野球がうまいと思うんだ。でも、なぜかわからないけど監督に好かれてない。これはぼくの意見じゃない。友達のお母さんが言ってたんだけど、野球はうまいけど監督に好かれてないからあんまり試合にも出してもらえないんだって。でもみんなぼくのこと認めてくれてるからそんなの我慢してる」

「我慢してるの？　そんなの辛いじゃないの」

「辛い時はその場でぐっと踏ん張るんだ。そうしたら必ずチャンスはくる。チャンスがこない人は辛い時に逃げる人なんだ。それにぼくはまだまだ若いから」

大人びた口調で言うので、可南子が思わず笑みをもらすと、

「ほんとだって。深澤選手が言ってたんだ」

と考太は声を大きくした。

「深澤選手？」

「うん。お母さんの友達」

「そんなこと、いつ言ってたの？」

考太と深澤が自分のいないところで話していた記憶などなく、前に会った時にそんな会話があったか記憶を辿っていると、考太がばつの悪そうな表情を浮かべていることに気づいた。

「何よ？」

可南子は問い詰めた。「何よ」の後には「隠してることを言いなさい」という言葉が含められている。

「お母さんには言うなって口止めされたけど……深澤選手に会った」

「会った、っていつ？」

「この前」

「この前って？」

考太が言葉に詰まりながら言うには、先週の何曜日かは忘れたが、野球の練習をしているところに深澤がふらりと現れたというのだ。グラウンドの外から眺めていたのだが、しばらくすると中まで入ってきて、ずっと練習を見ていた。保護者の間で「不審者なのでは」という声が上がり、監督が声をかけたのだという。

「ぼくが早く気づいたらよかったんだけど、全然気づかなかったんだ。みんなもちっとも気づかなくてさ」

周囲に自分が不審な者ではないことを知らせるために、深澤は終始笑みを浮かべていたらしい。だがそれが裏目に出て母親連中からは、「とても危ない大男」として認識されたようだ。

「お母さん、笑うなんて失礼だよ」

可南子は無意識に声を出して笑っていた。必死に愛想笑いを浮かべている深澤の姿を想像すると、おかしくてしかたがなかった。

「その時に言ってくれたんだ。ぼくはまだ若すぎるくらい若い。芽も出てないくらい若いんだから腐るな、潰されるなって」

力のある目で言うと、考太は大きく頷く。

「それとね、これは内緒だよ。ぼくのチームに監督の息子がいるんだ。ぼくより三年上の五年生なんだ。監督はその息子をチームで一番うまい選手にしたいから、今はぼくを育てないんだと思うぞって。深澤選手がそっと教えてくれた。でも誰にも言うなって」

「そうなの？　でもなんで深澤さんがそんな監督の息子の話まで知ってるの」

「練習が終わる頃には監督と深澤選手、仲良く喋ってたからなあ。その時に聞いたんじゃないかな。それでね、ぼくのチャンスはその五年生の監督の息子が引退した時だから、それまで待てってって言われた」

「引退まで？　長いじゃない。そんな一年も待つなんて不本意じゃないの。どこか違うチームに変わるとかしたら？　それともお母さんが監督に話をしようか？」

少年野球なのに、大人の個人的な感情や事情で子供の扱いを変えていいものなのだろうか。考太の話を鵜呑みにしたわけではないが、もしそれが本当なら道理に合わない。

「違うんだって。どこでもあることなんだって。そんなことはチームが変わってもまた何かあるんだ。自分の力をつけていくしかないんだ。ぼくはまだ二年生だ。公式戦に出られなくてもかまわない。でもあと二年もしたら、ぼくを試合に出さないわけにはいかなくなる。まあそれくらい、うまい選手になればいいんだ」

あまりに含蓄のある達観したことを言うので、それも深澤の受け売りかと訊くと、考太は素直に「そうだ」と頷いた。

「ぼくは絶対にいい選手になると深澤選手に言われた」

「そうなの？　その断定がうさんくさいけど」

「一流になるのに必要なのは、思い込みと努力だ」

自信満々で言うと、考太はにやりとした。その言葉も「にやり」も深澤から伝授されたのだろうと、可南子は小さく溜め息をつく。深澤のどこから、そんな自信ありげな言葉ばかりが生まれるのだろう。球団をクビになって、トライアウトも全滅……。今まさに選手生命が途絶えようとしているのに。

でも考太を強くしてくれたのは深澤に違いないことも、可南子はわかっている。球拾いでも腐らず恥じずやり遂げているのは、深澤の自信と確信に溢れた言葉があるからだろう。自分だったら、考太の現状に対してすぐに手助けを考えてしまう。不遇な状況を見過ごすことなどできず、ましてや数年後の成功など思い浮かべることもできず、紅白戦にも出られない息子に落胆するばかりだろうと思う。本来男親というものは、心配して小さな言葉ばかりかける母親と違って、子供の地力となる大きな言葉を使える存在なのかもしれない。

「なあお母さん。さっきの話だけど、ぼくのお父さんがプロ野球選手ってほんと？　そういえば深澤選手が、ぼくが野球をすることは、運命だって言ってた。ぼくが将来どんなプレーをするかも自分にはわかるって。素質があるんだって。それって本当なのかな？」

素直な口調で考太は訊いてきたが、可南子は言葉を失い黙ってしまった。黙ろうと思って口をつぐんでいるのではなく、本当になんと答えていいのかわからなかったからだ。

いいかげんなことを言って、自分が長く守ってきたことをかき回す深澤に対して、可南子は憤りを感じた。考太は黙りこくっている可南子を見て、それ以上は何も訊いてこなかった。自分たち親子はこれまで二人で幸せだった。謙二や佳代に助け守られながらではあるが、自分たちなりの世界を持ち不足なくやってきたと思う。だが今、その形が変わりつつあるのを可南子は感じている。その変化を機会と捉えるのか、喪失と捉えるのか。深澤なら「チャンスだ」と言うだろうか……。


居間でテレビを見ている考太に別れを告げて、可南子は家を出た。新幹線の最終にぎりぎり間に合う時間だった。

店から通りに出る引き戸を開けると、二階の部屋で寝ているとばかり思っていた謙二がいた。店の前に並べてあるバイクの前にしゃがみこみ、軍手をはめて点検をしている。可南子が出てきたことに気づいているはずなのに、振り向きもしない。可南子も声をかけない。無視して通りすぎよう。

そう思った時に、壁に立て掛けてある杖が目に入った。

「お父さん」

思わず、声を出していた。振り向いた謙二の不機嫌な顔に、言葉の続きが出てこない。

「自転車……」

何の考えもなく、口走っていた。

「自転車？」

「自転車のタイヤに空気入れてる？」

可南子の問いかけに、怪訝そうな表情で謙二が首を傾げる。

「空気？　当たり前だろう。普通は、月に一度って言われてるけどな、うちは二度入れてる。だから見てみろ、長持ちしてるだろう」

たどたどしい口調ながら自信に満ちた声で言うと、謙二は左手で膝を押さえて立ち上がり、一番古びた自転車を指差す。可南子も高校生の時に使ったことがある自転車だった。青色だった塗料は剝げ落ち、ところどころ錆びついていたが、立派に現役の佇まいをしている。

「これ、竹下くんが乗ってたやつね」

可南子が言うと、謙二は唇だけで少し笑った。

「ありがとう。いつも空気を入れてくれて」

山下先生の顔を頭に浮かべながら、可南子は言った。人に言えない辛いことはきっとあるだろうけれど、考太はとても頑丈な子供に育った。

「何、言ってんだ」

呆れたように言うと、謙二は、新幹線に乗り遅れるぞと急《せ》かした。

「いってきます」

可南子は明るい声を出し、謙二に手を振った。謙二も麻痺のない左手をゆっくりと持ち上げる。「がんばれよ」と謙二の唇が動いたような気がしたけれど声は聞こえなかった。

11

一人暮らしをしている東京のマンションで目が覚めた。先週、実家から新幹線で戻ってきたことを思い出す。いつものことだが東京に戻ると、実家で起こったいくつかの出来事の印象が薄れていく。日常というのは、とても大切だと可南子は思う。人の意識はそれほど頑強ではないから、身近にないものに対して関心を払い続けることは難しいのかもしれない。考太のことを大切に想う気持ちはもちろんいつも心の中心にあるのだけれど、彼が抱えている悩みに寄り添う気持ちは彼がすぐ隣にいた時にくらべると弱くなっている。

携帯が鳴る。ベッドから手を伸ばして画面を見ると、深澤からだった。通話のボタンを押す前に時計を見ると、まだ七時前だった。

「おはようございます」

畏まった深澤の声がふざけているようにも感じたので、

「はい。何か」

と可南子は短く答えた。

「練習を予定より早く始めることにしたので今日はもっと早いスタートにしよう。三時でどうだ」

今日の約束をとりつけたのは可南子の方からだった。彼が考太に話したことの真意を聞きたい気持ちと、これ以上考太によけいなことを言わないでほしいということを伝えるために、東京へ戻ってすぐに連絡を取った。

「三時？　七時から三時に変更ですか？　四時間も早めるんですか？」

可南子は言いながら今日の仕事の予定を頭の中で組み立てる。自由業である彼の時間感覚にはいつも戸惑うが、今回ばかりは自分がアポを取ったので合わせた方が良いのかと弱気になる。

「今から練習だから一時ごろには終わるだろ。それからシャワー浴びて飯食って、三時にはフリーになる」

「いえ別にあなたの今日のスケジュールを訊いてるわけじゃないんです……。いちおう私は会社勤めなんで」

「取材ってことで抜けてこいよ。記者の予定なんてあってないようなもんだろ」

いつもの自己中心的な物言いにひっかかりながらも、

「四時ならいけると思いますけど」

と可南子は答える。早めに出社して、明日の紙面に載せる分の原稿を資料を見ながら急いで書いてしまえば、なんとかなるかもしれない。

「じゃあ四時に。遅れるな」

快活に言うと、深澤はいきなり電話を切った。可南子はあっけにとられたまま電話を切ると、携帯電話をそこらへんに投げるように置き、グラウンドに駆け出す彼の姿を想像した。

「相変わらず勝手だなあ……」

可南子はつぶやきながらも勢いよくベッドを抜け出し、出社のための準備をする。用事があればメールで送ってほしいと何度も言ったのだが、深澤はメールができないと言う。「できない」のではなく「やらない」だけじゃないか、努力が足りないのではないかと可南子が咎めると、文章を書くのが極端に苦手なのだとすまなさそうに教えてくれた。だからやりとりはすべて電話で済ませているのだが、彼からの電話はいつも唐突だった。

仕事を終えて会社を出たのは五時を少し過ぎた頃だった。電話で待ち合わせに遅れることを伝えようとしたが、深澤の携帯は通話できない状態になっていて、仕方がないので可南子は会社の玄関を出たら一目散に駆け足で地下鉄の乗り場に向かった。

会社から駅までは徒歩で十五分程の距離なのだが、急いでいる時には遠く感じる。かといってタクシーに乗るとその近距離ゆえに運転手が機嫌の悪い顔をしたりするので、タクシーを利用することもためらわれた。とにかく少しでも早くと思い、可南子は走った。ヒールのあるパンプスだったが、歩くよりは早く移動できるので、十数メートル走っては疲れたら歩き、また走り出すといったことを繰り返した。息があがり、足がだるくなってきてもうだめだと思った時に、

「もっと気合入れて走れ」

と声が聞こえた。

驚いて立ち止まり周囲を見回したが声がどこから聞こえてきたのかわからず唖然としていると、

「よお。久しぶり」

と車道に停止していた車の窓から深澤が顔をのぞかせた。

「なに……いつ……からそこに」

空気を大量に吸い込みながら途切れ途切れに可南子が訊くと、会社の前で姿を見かけた

ので並走しつつ駅まで先回りしていたのだと深澤は答える。声をかけようと思ったがあまりに真剣に走っているので思わず見惚れてしまったのだと。

「悪趣味ね。人が必死で走ってるのを黙って眺めてるなんて」

「いやあ。自分のために走ってくれてるのかと思うとなんか感動するな」

「何言ってるんですか……。私自身のために走ったんです。約束に遅刻するのは不本意だから走ってたんです」

可南子が睨むと深沢は笑い顔を崩さないまま、助手席のドアを中から開けて乗り込むように促した。

「遅刻してすいません」

可南子は助手席に座ると、まず初めに謝った。どちらにしても大幅に遅刻したのは自分だし、連絡も取れていないので深澤には迷惑をかけてしまった。

「いいや。たぶん電話くれたんだろ。おれの携帯、充電が切れてたから。悪かったな」

「いえ、こっちが遅れてしまって……」

「店で待ってたんだけど約束の時間になっても来ないし、きっとまだ仕事してんだろうと思ってな。なら会社まで出向いてやろうかと」

「会社の前で待ってたの？」

「そう。待ち伏せ」

「玄関口で声かけてくれたらよかったのに」

「だから言っただろ。スタートダッシュに見惚れてたって」

冗談とも本気ともつかない口調で呟くと、深澤はこれから行く所があるからと言った。

可南子はその行く所がどこなのか訊くこともせず、黙ってシートに背中をもたせかけ車の揺れに身体を浸す。午前中からほとんど休むことなく働き続けていたのでさすがに疲れていた。

「そういえばこの車どうしたの？」

「おれの」

「車持ってたんですか？」

「練習するのに球場まで車で行かないといけないしな」

「バスとか電車じゃ行けないの？」

「用具があるからな。スパイクとかグラブとか」

「ふうん。でも大変でしょ、都心で車を維持するのって。駐車場代もかかるし」

「まだ一応蓄えがあるもんで」

何気ないやりとりをしているうちに、可南子はいつの間にか目を閉じていた。「寝てていいよ」という深澤の声を水中で聞いているようだ。そういえばこうしてあなたの車で眠るのは二度目ですね……。そう答えようと口を開いたが言葉にならない。他人の車でこんなに眠りこんでしまうなんて、人生でも数えるほどだ。藤村が運転する車では可南子はよく眠りこけていた。忙しい仕事の合間に時間を見つけて会っていたからか、会う時間がいつも夜遅くだったからか……。あの頃の自分もこうして理由が釈然としない安心感の中で目を閉じていた気がする。昔、柚奈が教えてくれた。疲れて弱った時は、できるだけそれを口にした方がいい。疲れている時は言葉が尖ったり態度が粗雑になったりするものだから、あらかじめ言い訳をしておいた方が何も言わないでいるよりよほど相手に親切なのだと。お姉ちゃんは自分の弱みを隠しているようだけど、そのぶん目がきつくなっている。それならいっそ目を閉じて相手に甘えた方が数倍可愛らしいよ……。疲れたり弱くなったりしない人間なんてこの世にひとりだっていないのだから。これまでずっと忘れていた柚奈の忠告を、ふと思い出す。妹に偉そうにそう言われ、自分はなんと答えただろう……。

「相手にもよる」

たしかそう言い返したような気がする。そこらの人に弱みをみせるくらいなら、強いままぼろぼろになる方を選ぶ。野生の動物のように。そんな風なことを柚奈に言って、呆れたような顔をされていた記憶がある。

「なに笑ってんの。寝ながら」

隣から声が聞こえたが、可南子はそのまま目を閉じていた。目を閉じているうちに、意識が薄らいでいくのを感じたが、このまま眠りに落ちてしまってもいいと思った。

「起きろ」の声で目を覚ました。さっき眠ったばかりだという感じがしたが、時計を見るとやはりその通りで、車に乗ってから三十分も経っていなかった。

「降りるぞ」

車はどこか駐車場らしいところに入って停車している。可南子は窓の外を眺めてみたが、そこがどこなのかはわからなかった。深澤はさっさと車を降り歩いていくので、可南子も慌てて後を追いかける。可南子が車から降りたのを確かめると、深澤は車のキイをポケットから取り出し、離れたところからロックをかけた。

「ここどこ？」

深澤に追いつき隣に並ぶと、可南子は訊いた。

「東神球場の近く」

「東神球場？」

「そう。今から試合を見に行く」

今は会社員をしている元チームメイトが、草野球の試合をするのだと深澤は嬉しそうに話す。

「わざわざ東神球場ですか？　レンタル料、すごく高いんじゃないですか」

「チームの記念試合らしい。詳しくは知らないけど」

高いとはいえ、レンタル料は二十万少しなので、メンバー全員で支払えばなんとかなるだろうと深澤は慣れた様子で球場に向かう。

「どうだ。いいな、やっぱり。ナイター前の球場は」

試合前の、浮き足立った興奮とさざ波のような緊迫感の中、可南子はスタンドに立った。眩《まばゆ》い光を放つ照明灯によってグラウンドは真昼のように明るい。ともすれば昼間のグラウンドよりも明るいくらいに、感じられる。

「最高だな」

呆然と立ち尽くす可南子の隣で、深澤も立ったままグラウンドを見下ろしている。目を細めてグラウンドを見つめていた。

「たしかに明るい……」

可南子は呟いた。西川から三千ルクスの光だと聞いた時は、その眩さがどれほどなのか想像できなかったが、今こうして光を浴びているとその大きな単位が理解できた。

「照明灯の一号機、二号機……ってどうやって数えるんですか」

可南子が訊くと、深澤は質問の意図がよくわからないというような顔をして、

「照明灯はベースを結んだダイヤモンドを囲むように六つだ。ホームベースがどこかわかるか？」

と答える。

「それくらいは、わかります。あの手前のやつでしょ」

「そうだ。あのホームベースを挟むように向かいあっているのが照明灯の一号機と六号機だ」

深澤は「一号」「二号」と言いながら、照明灯を指差していった。

「一号機とホームベース、そして六号機を直線で結んだ角度は一〇〇度以上ないといけないんでしょ。でも調べてみると、この東神球場では九〇度ほどしかない」

「そうだ。……よく知ってるな。簡単に言えば、他の球場に較べて、一号機と六号機の照明灯がバックネット寄りになっている」

「つまり、他のどの球場よりもバッターは、キャッチャーの影が、くっきりと視界に入る。木下邦王監督はこの影を使ってバッターを心理的に追い込むことを考えた。キャッチャーがミットを構える外角、内角の位置をわざとバッターに見せることでバッターを錯乱させ

た。実際にバッターを錯乱させたのは、木下監督の申し子と呼ばれていたキャッチャーの藤村茂高だった」

可南子が言うと、唖然とした顔で深澤は可南子を見て、それから何か言おうと口を開き、また閉じた。何か言いたそうな表情をしていたが、しだいに彼の意識が外ではなく彼自身に向かっていくように黙り込んでしまった。

可南子もまた、自分自身に昂ぶっていた。藤村茂高という名前を誰かの前で口に出すことは初めてのことで、口に出したことでようやく、藤村が少しだけ自分の中から出ていったような気がした。

立って見る必要もないから座席に座ろうと、深澤は立ち尽くす可南子の腕を摑んだ。可南子たちはダッグアウトの後ろ辺り、一塁寄りの座席に腰を下ろした。右打者なら正面が、左打者なら背中が良く見える。

「さあ始まるぞ」

さっきのだんまりなどなかったかのように、期待に満ちた声で深澤が言うので隣を見ると、考太が贔屓《ひいき》のチームを応援する時のような顔をしている。

「日本で一番明るい球場」

日焼けするのではないかと思うほど眩い白光に目を細めながら可南子は呟く。

「あんたの言った通りだ。キャッチャーの構えるミットの位置がくっきりとした影法師になって打者に見えるんだ。その影が打者を惑わせる。かつての名捕手藤村は、この影を使って巧妙にバッターを錯乱させた。打者にわざとミットの位置を示して、その裏をかくといった心理戦を展開した。木下監督の指令のままにな」

深澤は低い声で言うと、全身に力を込めるようにして試合に集中し始めた。投手が繰り出す一球一球に緊張しているのがわかる。もう隣に可南子がいることも忘れているようだった。勝ち負けにこだわり、活躍し続けることを切望する男たちの、妥協のない生き方がこのグラウンドにある。そう思って見ると、明るく照らし出された平坦なグラウンドが険しい山の頂のように思えてきた。

試合が終わると、深澤は名残惜しそうにしばらくグラウンドを眺めていた後、席を立った。自分たちと同じように試合観戦していた人が、彼の姿を見て、かつて活躍した深澤翔介であることに気づき写真を撮らせてくれと頼んできた。深澤は不器用な表情でカメラに収まると、請われるまま握手をしていた。

「ファンサービスですか?」

可南子が茶化すと、

「感謝しないとな。おれのことを憶えていてくれる人がいるってことに」

と真剣な表情で頷く。

車に乗り込むと、深澤は「覗く行為」がプロの世界では特別なことではないのだと言った。木下監督に限らず、他の球団の監督だって手を替え品を替え、工夫を凝らしてスパイ行為をしている。

「冗談みたいな話だろ。でもそれが本当なんだ。野球の申し子みたいなプロ選手たちだって、ふたを開けてみたらそんな子供騙しみたいなことして勝った負けたしてるんだ。そう思うとなんか気が楽にならないか」

深澤はそんな言い方をして、笑った。

「本当にみんなそんなことしてるんですか?」

「いや。みんなではないな。当たり前といえば当たり前だけど、そんな小細工をしないで実力で勝負している選手ももちろんたくさんいる。結局そういうことだな」

世の中には小細工などしなくても、絶大な能力を持つ人間がいる。類まれな能力を持つ人間はズルをしなくても、努力をすればずっと一流でいられるのだと深澤は首を振った。

「でもがっかりするな。そんな人間は本当にひと握りなんだ。世界中で、ひと握りだ」

がっかりするなと可南子に言いながら、実は深澤自身がひどく落胆しているようだった。

深澤は小細工ができずに、数年もの間ファームで過ごしている。ようやく移籍し芽が出て、活躍をしていた絶頂期に、左肘を故障した。故障の原因はゲーム中のデッドボールとも言われているが、実際のところはわからない。

本当はいろいろ後悔しているのではないのかと思ったが、どうせ訊いても本心は答えてくれないような気がした。

多くの人は自分の能力の限界などを考えずに生きているに違いない。毎日疲れはするけれどある程度の余力を残して明日に向かう。仕事でミスをすることはあっても、それが致命傷になるわけでもなく、解雇に直結することもない。逆に少しいい仕事ができたとしてもたくさんの人を感動させたり、生きる力を吹き込むほどの働きができるわけではない。可も無く不可も無く。ほどほどの人生。自分もまた、長い間そんな時間を生きてきたひとりだった。

だがプロのスポーツ選手たちは仕事ができなければ、即廃業。山の頂のわずかの空間でせめぎ合う、選手たちの心理はきっと自分にはわからないところにある。

帰りの車の中で、可南子はなぜ深澤が考太にあんなことを言ったのかと問い詰めた。

「あんなこと？」

深澤は屈託のない顔をして訊いてくる。

「考太が野球をするのは……運命だって言ったそうですね。将来どんなプレーをするのかもわかるって。どういう意図でそういうことを言うんですか」

「どういう意図って言われても」

首を傾げて、深澤が黙り込む。

「あんた、おれと考太がキャッチボールをしてた時のこと、憶えてるか?」

「前に……あなたの練習を見に行った時ですか?」

「そうだ。その時、あいつのフォームがどんどん変化していったのに気づかなかったか。考太の投げ方が時間とともにおれとそっくりの投げ方になっていった。無意識に、あいつはおれの投げ方を真似したんだ。野球センスのある子供は、形態模写が上手いもんなんだ」

「形態模写……ですか」

「いただろ。昔、クラスに王貞治の一本足を真似してる野球少年が。ああいうやつだ。特徴を捉えることができるってことは、自分より上手い選手の技術を取り入れることができるってことだ。いわゆるセンスだ。おれは……興奮してるんだ」

「興奮?」

「自分が到達しなかった場所に、こいつならいけるかもしれないっていう興奮」

その言葉に、可南子が「無責任ね」と返すと、

「守る」という言葉を深澤は使った。本来の力を発揮する前に、活躍する場を与えられる前に、いろんな思惑で潰される子供がいる。自ら潰れる子供もいる。そうしたものから考太を守ってやりたい。大人だからといって、誰もがみな良い大人だとは限らない。同様に、大人は子供に対して悪意を持たないとも限らない。どんなに強い子供でも、大人から向けられる悪意に対抗できるほどの子供はいない。

「大人の悪意から子供を守ってやれるのは、親しかいない」

揺るぎない口調でそう言った後、「余計なことをして悪かった」と呟いた。深澤の口調は決して責める感じではなかったけれど、可南子は何も言えなくなる。グラウンドから外れた場所で掛け声を出し続けていた考太の顔が、思い出された。

12

凍えるような二月が終わり、三月に入った頃だった。肌を刺す冷気はまだ春を感じさせることはなかったけれど、冬の終わりが近づいたことに気持ちは軽くなっていた。三月二日午前五時五分。柚奈から久しぶりに電話がかかってきたその日と時間を、可南子は一生忘れることはないだろう。「虫の知らせ」という言葉があるが、可南子はそんなものはただのこじつけで、実際には無い話だとずっと思っていた。だが実家に戻る準備をしながら、これがそうなのかもしれないという気になった。

三時間ほど前、ベッドに入る時に携帯電話をマナーモードに切り替えた。だが切り替えた後、なんとなく誰かから大事な連絡がくるような予感があって、マナーモードを解除した。そんなことはこれまでに初めてのことだ。

夜明け前、びりびりと電流が流れるような振動と呼び出し音で起こされた瞬間、可南子は「虫の知らせ」という言葉を覚醒しきれない頭の中で思い出していた。

電話は柚奈からだった。用件は短く、謙二がまた倒れたということのみ伝え、あっさりと切った。慌てているというより、面倒なので早く伝えてしまいたいというような雰囲気で電話は切れた。

「始発の新幹線を待って病院に駆けつける」

と可南子が言うと、「了解」と柚奈は短く返してきた。

驚いたが、さすがに二度目のことなので少しは落ち着いていた。咄嗟に考えたのが、謙二の病状よりも仕事が休めるかどうかということだった。幸いなことに今日明日中の締め切りのものは抱えておらず、今日行く取材もだれか他の人に頼める類のものだったので、なんとかなりそうだ。締め切り間近の原稿を、昨日のうちに出稿しておいたことも助かったと思う。今から思えばそれも虫の知らせというやつだったのだろうかと、可南子はひとり納得してみる。

始発の新幹線で仙台に向かっている途中で、柚奈からメールが届いた。メールの内容は、「みんな家に戻っているから病院ではなく実家に帰って来て」とのことだった。可南子は今回の入院が短く済んだことにほっとした。一度倒れているのでみんな敏感になってしまっている。心配性の謙二のことだから、さして苦しくもないのに慌てて救急車を呼ばせたのだろう。

大きく長い息を吐き、可南子は座席のシートに体重を預ける。車内販売のワゴン車がわきを通り過ぎようとしていたので、呼び止めてホットコーヒーを頼んだ。こんな朝早くから大変だろうな。販売員の若い女性からコーヒーを受け取り、窮地を抜け出した安堵か、暢気な気持ちで相手に同情した。


落ちついた気持ちで実家に戻ったものだから、玄関から暗い顔をした考太が靴も履かずに飛び出してきた時は思わず大きな声が出た。

「どうしたの」

考太は奥歯をカチカチと鳴らし、顎を小刻みに揺らすようにして黙って可南子を見上げていた。震えているのではなく、何か大切なことを言いたいが、なんと言っていいか考えあぐねている時の考太の癖だった。

「どうしたの？　みんないるんでしょ」

可南子はもう一度、ゆっくりと考太に問いかけた。考太は何も答えず可南子のもとに歩み寄ると、可南子の手を握って強い力で引っ張っていく。店から家の中に続く扉を開けると線香の匂いがし、考太が言おうとしていることが息苦しくなるくらいの空気の重さで理解できた。玄関先の三和土《たたき》で靴を脱いでいる間もずっと、考太は可南子の手を握っていた。驚くほどに、熱い手だ。

「お父さん……」

謙二は、居間の隣にある四畳の和室に寝ていた。顔に白い布はのせられていなかったが、父が息をしていないことはすぐにわかった。

「お父さん、どうして……」

可南子はそばに座っていた柚奈に向かって、訊いた。無表情のまま口をつぐんでいる柚奈は悲しんでいるようにも怒っているようにも見えた。

「明け方亡くなったのよ。病院に運ばれてからは一度も意識を回復しないままに……。今回はものすごくあっけなかった」

柚奈は抑揚のない声で言った。

「メールくれた時はもうお父さん亡くなってたのね？　どうして教えてくれなかったのよ」

「そんなの……メールで伝えることじゃないし。それにお姉ちゃん気が動転して、帰ってくる途中に事故にあうかもしれない……」

「そんなわけないいじゃない」

「これは考太の意見。考太が、まだ知らせないでって」

考太を見ると眉間に皺を寄せて険しい表情をしている。感情を押し殺すその表情は、年《とし》嵩《かさ》の男性のようだった。

「お母さんは？」

佳代の姿が見えないので、可南子は不思議に思った。こんな時に母がいないなんて。

「なんかいろいろ用事があるので出て行った。よくわからないけどお葬式は近所の会館を借りるらしくって、打ち合わせっていうかそういうのに行った。お葬式って初めてだから、段取りがいまいちわからないんだよね」

のっぺりとした口調で柚奈が言った。可南子はいい歳をした妹がこんな所でぼんやり座っていることに呆れ、佳代を手伝うように言おうとした。だが、柚奈の手の甲が濡れていることに気づき言葉を飲み込む。柚奈は目から溢れる涙を、手の甲でぬぐった。


告別式は、家族の意向や感情とは別のところで滞りなく過ぎていった。佳代は周りの指示のまま喪主を務め、それなりに気配りを見せていた。我が家と同じくらい古い町内の自治会館を借りて執り行われた小さな葬式に、謙二と旧知であった大勢の人が集まってくれたことが、何よりも胸を打った。

「燃えてしまったの？　おじいちゃん」

式の間中、ほとんど口を開かなかった考太が、火葬場からの帰りの車内でようやくぽつりと呟いた。助手席に佳代が座り、考太を挟むようにして可南子と柚奈が後部座席に座っていた。謙二が死んでしまったことよりも、火葬されたという事実の方が考太には衝撃だったらしく、火葬場では青白い顔をして可南子の手を握っていた。

「今頃は空の上だよ」

疲労の滲んだかすれ声で佳代が言った。

「ビデオの早送りみたいに……時間が過ぎたね」

柚奈は柔らかい声で言うと、考太の頭を撫でる。可南子は喪服のスカートの裾を手で直しながら無言で頷く。喪服は柚奈が友人に借りてくれたものだった。背の高い可南子が着ると、膝小僧が見えるくらいの丈になる。

「前のが治ってなかったのかな」

考太がぽつりと言う。

「前のって？」

柚奈が答える。

「おじいちゃん、前に入院しただろ。その時に、ちゃんと治してもらってなかったんだよ」

考太が言った。

「そんなことはないよ。今回はまた別のところ。おじいちゃん、歳いってるからいろんなところが悪かったのよ」

佳代は慰める口調で言うと、「寿命、寿命」とかみしめるように呟いた。

家族を乗せた車が店の前に着くと、それぞれが無言で家の中に入っていく。ひと通りの式を終えた安堵感が、疲労した体にこみ上げてくる。家の中には謙二がいないぶんだけの空白が、きっちりと浮き上がっていて、それを埋めるようにして優しい佇まいで柚奈に寄り添う広海が、頼もしかった。

居間にしばらく沈黙が流れ、重い空気が満ち始めた時、店の方から声が聞こえてきた。

「お客さんかな」

考太と佳代が同時に扉の方に視線をやり、可南子は立ち上がった。

「ちょっと見てくるね」

喪服のままでは失礼かと思ったが、仕方がない。新聞屋にも事情はある。

「ぼくも行く」

考太が可南子の後をついてくる。

店に出ると、年配の女性が立っていた。申し訳なさそうに身をすくめているのだが、その女性も喪服を身につけていた。

「お忙しい時に失礼します。このたびはご愁傷様でした……」

女性は丁寧に言うと、深く頭を下げた。

つられて可南子も頭を下げながら、この人は誰だっただろうと記憶を手繰る。

「さきほどのお葬式で可南子さんをお見かけしたものですから……。もうすっかり大人になられて、お母さんになられて……こんな立派な男の子がおられるんですね……」

女性は感慨深い口調で言うと、こらえ切れないというように涙ぐんだ。隣で可南子を真似て頭を下げていた考太も、女性の様子に気圧されている。

「こんな時にこんなものをと思ったんですけど、今なら可南子さんがおられると思って」

女性は肘に下げていたバッグから厚みのある一冊の本を取り出すと、店に置いてある古い机の上に置いた。

「もしよかったら、これ可南子さんに貰っていただけないかと思いまして」

女性が言うより先に、考太がその本を開けていた。たしなめる暇もないくらい素早い考太の動作に呆れながら、可南子も開かれたページに目をやると、

「誰この人？」

と考太が可南子を振り返る。

本かと思った分厚い冊子はアルバムで、中にはたくさんの写真が貼り付けられている。古い写真だった。ほとんどが可南子の写真だった。高校の制服を着た可南子、自転車に乗って配達の手伝いをする可南子、大学に合格した日の可南子は、珍しくおどけた仕草で、両手をピースサインにして笑っている。

「これ……」

可南子はようやく目の前の女性が誰なのか、わかった。考太は若い日の可南子を見るのが愉しいのか、アルバムから目を離さない。

「誠《まこと》が撮ったものなんです。ご迷惑かと思ったんだけれど、差し上げたくって」

女性はにこやかに笑うと、可南子の目をみて嬉しそうに頷いた。

アルバイトの竹下くんが誠という名前だったことを思い出す。居間にいる柚奈も呼んでやろうかと思って扉に視線をやった時、

「誠は可南子さんにずっと憧れていたんですよ」

と竹下くんの母である女性が言った。

「私に……ですか」

「賢くて、きれいで、なんでもできて。見ているだけで幸せになれるような人だと、聞か

されていました」

考太がにやにやしているのがわかる。可南子は突然の賞賛にたじろぎ照れてしまって、言葉が出てこない。

「誠の趣味はカメラだったでしょう。でも私が思うには可南子さんの写真が撮りたくて、カメラを趣味にしたんじゃないかって。仕事場にカメラを持っていくことを店長さんに許可してもらったこと、すごく喜んでました」

息子がそんなことまで自分に話しているということを不思議に思わないでほしいと、竹下くんの母は言った。健常者の男の子ならとっくに親離れする年齢なのでしょうが、社会で生きていくのが難しい子供たちの自立は、普通よりずっと時間がかかるものなのです……。

可南子は女性の言葉を聞きながら、何枚もの写真を眺めた。二十年も前の自分……。目に強い力がある。揺るぎない笑顔や自信に溢れた佇まいが、胸に迫る。

「あんまり変わらないな。今のお母さんとあまり変わらないや」

考太が言った。

「本当に。可南子さんは、変わっていませんね」

竹下くんの母は言うと、目を細めて笑った。笑顔の多い人だった。

「それから……これはさっき奥様に式で直接言いましたが、誠を雇っていただいて本当にありがとうございました。あの子、ここで働かせていただいたことが、人生で一番良かったって言ってました。久平店長に言われたことを大事にしてました。何やるにも本気でやれって。自分に言い訳できないくらい本気でやれって」

誠は大学受験という山も、就職活動という山も、人より時間をかけながらも越えることができたのだと竹下くんの母は言い、想いをすべて話し終えたというような晴れがましい表情を可南子に向けた。そして、

「お忙しい時に失礼しました。非常識かと思ったのですが……。家に帰って誠に報告しておきます。あなたの好きだった人は今も素敵なままだったって」

と頭を下げた。

「竹下くんは……家におられるんですか。じゃあ地元で就職されたんですね」

可南子は、久しぶりに竹下くんに会ってみたいと思い、訊いた。唇を読むために向けられる彼のまっすぐな目と心に、再会したいと思った。

「はい。就職は地元の役場でした。でも誠は……四年前に亡くなったんです。あの子の病気は耳だけじゃなくてね、人の目につく病気は耳が聞こえないことだけなんですけど、心臓や肝臓なんかも生まれつき悪くて……。店長さんには全て話した上で雇って頂いてたん

ですよ」

独身のまま竹下くんは亡くなったのだと聞き、可南子は自分の記憶に残るおとなしいけれど溌剌《はつらつ》とした高校生の竹下くんを想う。

「可南子さんが東京の大学に行く前に、誠に言ってくれた言葉を、繰り返し私に聞かせてくれました。可南子さんと話した最後の言葉だそうで、いつも嬉しそうに」

「……私の言った言葉？」

「私は誰よりも頑張っている。誰よりも頑張っているというこの気持ちが、私を強く生きさせてくれるんだ。だから竹下くんも、自分のために頑張れって」

「そんなこと……私が言ったんですか。すごく……偉そうですね」

若気の至りとはいえ恥ずかしく、可南子は思わず俯いてしまった。

「いえ。可南子さんのこの言葉が、誠のそれからの人生でどんなに支えになっていたか……。息子は、本当に頑張りましたよ。最後まで頑張ってくれました。可南子さん、本当にありがとう」

言葉の最後だけは少し涙ぐみ、でももう一度にこりと笑うと、竹下くんの母は、後ずさるようにして店を出て行った。店と外を仕切る引き戸を開ける時、小さく手を振ってくれた。

可南子は何も言うことができず、深くお辞儀をした。隣で考太も真似るように頭を下げる。

居間に戻ると、佳代と柚奈が小声で話をしていた。可南子は二人の話す声を聞きながら、謙二と最後に話した言葉はなんだったろうと思い出していた。考太のことで言い争い、それが最後だったかもしれない。こんなことになるなら、娘らしい優しい言葉をかけておくんだった。不自由に曲がった右手を胸に押し付けるように当て、右足をひきずって歩く謙二の背中が思い出された。梗塞後、片麻痺が残ったまま必死で生活する謙二の姿を見て、自分は不憫に感じていたはずだったのに、なぜ最後に喧嘩をしてしまったのか、可南子は自分を責めた。

「お母さんは悪くない」

考太が言った。頭の中を覗かれていたのかと思うような、タイミングだった。

「お母さんのこと、おじいちゃんは怒ってないと思うよ。顔を合わせると喧嘩ばかりしてたけど」

考太は言うと、竹下くんの母にもらったアルバムを胸に抱えて二階の部屋に運んでくれた。

「そうかな。怒ってないかな」

階段を上がる考太の後ろについていきながら、可南子は答える。

「たぶん……訊いてみないとわからないな」

考太が自信なさげに言った。

しんみりしていても仕方がないと柚奈が言い、夕食は宅配のピザを取った。Lサイズのピザを二枚とコーラを注文し、残すことなく五人で腹いっぱい食べると、なるほど元気が出てきた。考太も好物のピザと、普段は「子供にはまだ早い」と飲ませてもらえないコーラを前に、

「どんなに悲しくて寂しい時も、美味しいものを食べると力が出てくることがわかった」

と笑顔を取り戻し、佳代が沸かしてくれた風呂にひとりで入りにいった。

考太が風呂に入り、佳代が手伝いをしてくれた近所の人たちにお礼を言いに出ていくと、柚奈が、

「最後はあまりにもあっけなかったね。……こんなものなのかな」

と言ってきた。彼女らしい、悲しみを滲ませない言い方だ。

「私さ、お父さんには、デキの悪い娘だと思われたままだった」

悔しそうに柚奈が言う。

「そんなことないわよ。柚奈は可愛い娘だと思われてたわよ」

「そうかな」

「そうよ」

柚奈のすぐ側で、広海が静かに二人のやりとりを見守っていた。謙二は柚奈がこの人を選んで、安心していただろうと思った。見かけよりずっと優しく正しい妹の本質を、広海は理解してくれていると可南子も感じている。

「私なんて最後の最後までやり合っちゃって。この前の考太の件でも、かなり言い合いになったの……。柚奈は知らないだろうけど」

これまで何度も喧嘩して、腹を立てて、無視をして。疎ましくてたまらなかったけれど、本当は感謝していた。誰よりも愛情を込めて考太を育ててくれたことのお礼を、まだきちんと言えていない。

「老人っぽくなかったからね、お父さんは。一度倒れた時はさすがに焦ったけど、弱るどころか相変わらず頑固でさあ。もっと穏やかに、しおらしくなったら手をさしのべよう、親孝行しようと思ってたのにねえ。ほんと、ない話だよ、こんなバイバイは」

本当にそうだと、可南子は思った。右半身に麻痺が残った体で、謙二はいつもと変わらないようにふるまっていた。麻痺のない左手で杖を持ち、手と左足を一歩前に出す。そうしてから、麻痺のある右足をひきずるようにして寄せて歩く。運動神経の途絶えた足は、謙二の重い荷物のように見えたが、当の本人はまっすぐに前を向いて、何食わぬ顔で歩いた。声だって、普段どおり大きかった。

「もう会えないんだね」

柚奈が言った。小さな声だった。

可南子は頷くと、

「考太が大人になったところを見てほしかった。立派に育ったなって、何年か先に褒めてほしかった」

と呟く。褒めてほしかった……。誰よりも、謙二に褒めてもらいたかった。一人親だったけどよくやったって言われたかった。その時は自分も素直に言えると思っていた。これまでありがとう、感謝しています——この言葉をずっと、胸に持ったまま渡せなかったことが悔いになっている。

「大丈夫よ、可南子」

ゆっくりと襖が開き、佳代が顔を出す。

「お父さんは十分に可南子のことを褒めてるよ。これからも一人で立派に考太を育てるってこと、信じてた。お父さんはちゃんとわかってたのよ」

佳代はきっぱりと言うと、自分の分の湯のみ茶碗を持ってきて可南子の隣に座り、ポットの茶を注いだ。そりゃね、中学生になった考太、高校生になった考太、見たかったと思うよ。プロ野球選手になるかもしれないって本気で期待してたし。考太がプロ野球の選手になったら、おれは絶対に球場に見に行くぞって言ってたのよ。お父さんね、可南子がああんな記事書かれてから、プロ野球のテレビ中継は絶対に見ないし、うちのスポーツ紙の記事だって読まなかったのに、考太が野球をやり始めたと同時にテレビはつけるわ、スポーツ新聞には毎日目を通すわ。……あの人はとっくに吹っ切ってたのよ、あなたが父親のいない子供を産んだことなんて。考太が生まれてきたことを誰よりも喜んでいたんだから。

「おばあちゃん、バスタオルがない」という声が風呂場から聞こえてき、佳代は「はーい」と立ち上がりながら、

「考太のおかげで、あの人はもう一度父親業をやれたのよ。いい人生だったのよ」

と微笑んだ。

「だってさ」

柚奈がぼそりと呟き、グレープフルーツに親指の爪をめりこませ剝きはじめる。風呂上がりの考太のために剝いてやるのだと柚奈は言った。

竹下くんの母がさっき訪ねてきたことを柚奈に話そうかと思ったが、また別の機会にすることにした。アルバムに柚奈の写真が数えるほどしかなかったことに、この妹はすねて

しまうだろう。

部屋中にすっぱい香りが漂う。可南子もなんだか食べたくなり、ざるに盛られたグレープフルーツを手に取る。果実は思いのほか冷たく心地良かった。

13

告別式の翌朝、考太は可南子と佳代に見送られる中、

「いってきます」

とランドセルを背負って学校に向かった。朝刊を従業員たちに任せて休んでいた佳代が、考太の声に生気を吹き込まれるように笑顔になる。

「いってらっしゃい」

と背中に声をかける自分の声も、元気を取り戻していることに可南子は気づく。「再生」という言葉を頭の中に浮かべた。日々、ものすごい勢いで成長していく子供に、自分たちは再び新しいエネルギーをもらっている。

「強い子だね。考太は」

勢いよく走って行く考太を並んで見ながら、佳代が言った。

「そう……かな」

「そうだよ。あの子はものすごいおじいちゃん子だったんだよ。本当はもっと悲しい顔もしたいし、母親に甘えたいんだと思うよ。でもわかってるんだよ、きっと。自分の役割を……。あんなに強い男の子に育てたのはやっぱりお父さんだと思うよ」

佳代はそう言うと、

「そろそろ一緒に暮らしなさいよ。東京に引き取ってやって、考太と一緒にいてあげなさいよ。柚奈が家を出てお嫁に行ったでしょ。お父さんもいなくなった。こんなおばあさんと二人きりじゃあ考太も可哀想だよ。ここまで大きくなったんだから、この先私にしてやれることはさほど多くないよ」

と可南子の背中を撫でるように叩いた。

忌引きでもらえる三日間の休みが明けて会社に出勤すると、デスクの吉田に可南子は、

「大事な話があるんですが」

と声をかけた。出勤早々になんだという顔を一瞬見せた後、吉田は会議に使う個室に可南子を呼び出した。

「話ってなに？」

深刻な表情の割には軽い感じで吉田が訊いてきた。何かを訝しがっているような様子だった。

「部署を異動したいんです」

可南子は緊張していた。これまで、会社に自分の方から要望を出すなんてことはなかった。どのような仕事であったとしても、大きく報われることがなかったとしても淡々と働き続ける。それが可南子の会社との距離だった。

「どうしたの、突然。うちの部で、なんか不満でもあるの？」

「不満はないです」

「……そう。で、異動したい部署とかはあるの？」

「定時に出社して、定時に帰れる部署ならどこでもいいです。編集部にこだわりもないですし、営業でも総務でも。もとの校閲で、夜中帰りになったとしても拘束時間が決まっているところに異動したいんです」

可南子は言った。これまでいくつもの部署を転々と回ってきた。短いところでは一年を待たずに異動ということもあった。自分では決して仕事をサボったつもりはなく、仕事ができない人間だとも思わない。これまで頑張ってきたのだ。頑張ってきたのだから自信を持って、自分の要望を会社に伝えてもいいはずだ。

「新聞社に勤めていて定時に帰れるとこがいいって……。難しいんじゃないのかな」

吉田は言った。決して非難しているというのではなく、困った様子だ。

「できれば日曜、祝日も休みが取りたいんです」

可南子は言った。

「そこまでの要望は難しいんじゃない？　一応部長には言ってみるけど」

腑に落ちないという表情で吉田は言い、席を立った。ゆっくりと部屋を出ようとして振り返り、

「ひょっとして今回、親父さんが亡くなったことに関係あるのかな？」

と訊いてきた。

可南子は素直に頷き、

「はい」

と答える。吉田は合点がいったというように頷くと、

「了解。まあちょっと日にちください」

と言いながら部屋を出て行った。可南子はその背中に向かって頭を下げる。

こんな要望が通るとは思えなかった。でも何も言わないままでは、変わらない。少しでも可能性があるのなら、自分のベストを尽くそうと今の可南子は思っていた。自分はこれ

まで会社に媚《こ》びてきただけなのかもしれない。もっと違うやり方で、頑張ることもできるはずだ。

しばらくは自分の席に戻っても何も手につかなかった。胸にこみ上げる何か……とかではなく、頭の中はからっぽで全身から脱力していた。ほとんど無意識に携帯を手にとり電話をかけていた。

「はい」

繋がるとは思っていなかったので、電話越しに声が聞こえた時になってようやく慌てる。

「はい？」

不機嫌そうな深澤の低い声で我に返る。

「久平です」

「どうした？」

低かったトーンが半音だけ上がり、受け入れられている気がした。

「たいした……ことじゃないんですけど。ちょっと話したいことがあって。明日は予定ありますか？」

「明日か……。ちょっと行くとこあるけど、それについてくるって感じでどうだ」

「それでいいです」

待ち合わせの場所を深澤から指定されると、「明日は遅れませんから」とつけ加えた。自分からかけて取り付けた約束なのに、なんで衝動的に連絡をとってしまったのかと、電話を切ったと同時に後悔にかられる。

「久平さんどうしたの、息上がってるよ。具合でも悪いの？　更年期なんてまだまでしょう」

肩越しに声をかけられ振り向くと、校閲部の染谷部長が心配そうに見つめていた。「なんでもないです」と可南子は返し、「ちなみに更年期ってやつ、セクハラになりますよ」と笑って言った。

なぜ深澤に連絡したのかと、待ち合わせの場所まで電車に乗りながら、可南子は考えていた。ただ単にこれまであったこと、今自分が考えていることを話したいだけだということに気づくまで、一時間以上、思考をこねくり回した。話を聞いてほしい相手が彼以外にいないことに小さく驚き、そしてまた自分が誰かに話を聞いてほしいと思っていることにさらに驚いた。これまで、自分はどんな生き方の形態にも属していない気がしていた。主婦でもなければ、仕事を生きがいにしているわけでもない。シングルマザーとして子供と慎ましく生きているという感じでもないし、かといって悠々自適に暮らしていけるほどの余裕もない。だが誰とも似ていないからといって友達を作らないというのは、単なる言い訳に過ぎない。会って話したいような人に出逢わなかっただけだ。出逢おうとしていなかった。大きなことに悩んでいる時は、信頼する作家の本を読めばたいていは解決できた。本の台詞より胸に響く言葉を言うような人は、少なくともこの十年間、自分の周りにはいなかった。

待ち合わせた横浜市内のコインパーキングに、深澤が車を停めて待っていた。腕時計で時間を確かめると、約束の十五分前だった。可南子が車に近づいて行くと、タクシーの自動ドアのように助手席のドアが開き、深澤が、

「よお」

と顔をのぞかせる。

「なんかいろんなことが降ってくるみたいに起こってしまって……」

この数ヶ月の間に起こったことを話し終える頃には、車はすでに東北自動車道を三時間以上も走っていた。運転する深澤は極端に少ない相槌を交えながら可南子の話を聞いていた。

父親の死や考太の喧嘩のことをひとつひとつ詳しく話していると、言葉に詰まるくらい

感情がうねり、何度も沈黙を作った。

「……それで、異動願いを出したんです」

考太と暮らす決意を固めたことを、深澤に伝える。

「いいんじゃないか」

簡単な感じではなく、とても大切に選び取った一言として、深澤は言った。

「ただ異動できない場合も考えておかないと……」

深澤の一言にほっとしながら可南子が言う。

「できなかったらやめればいいんじゃないか？　会社」

「また……そんな簡単に」

「なんでやめられないんだ」

「前にも話しましたけど、余裕のない暮らしは決していい人生には繋がらないと思います。この先今ほど給料をもらえる会社に再就職することは不可能です。絶対に」

「余裕があるっていうのは恰好いいよな。……恰好いい」

深澤はそれ以上可南子に言い返すことなく、穏やかな表情で前方を見ていた。ハンドルを握る深澤の横顔を見ながら、その向こうの景色に目をやる。以前も彼と同じ道路を走ったことを思い出す。今日は前回と違ってまだ昼間なので、景色を記憶にとどめることができた。

「あなたと会う時は、いつも行き先が決まってますね。たいてい、あなたが決めてて、私はどこへ行くのかわからないことが多いけど」

心地良い沈黙に静かに言葉を置くようにして可南子が言う。今回もどこへ行くのかは聞いていなかった。

「東北自動車道といえば行き先はひとつだろ」

「仙台？」

「今日はもっと奥」

会社には「取材に出る」と言ってある。直行、直帰。社には一度も上がりませんが、原稿は明日中に出しますと。

「行き先は聞かないでおきます。楽しみにしておくために」

「それもいいな」

深澤が息だけで笑う。太陽の光が差し込んでいるせいか、とても穏やかな時間が車内に流れる。

「まあおれが思うに……絶妙なタイミングで親父さんは死んだと思う。あんたと考太がこれから一緒に生きていくためにな。今より遅かったら、あんたは息子に追いつけない」

少年はギアチェンジするみたいに急速に成長するんだ。側にいてもそのスピードに振り回される母親も多いのに、遠距離で何ができると深澤が言う。子供もいないのに知ったようなことを言わないで欲しいと言うと、自分もかつては息子だったから、しかも自分の友達も全員、誰かの息子だったからなと勝ち誇ったように深澤は笑った。

一度も休憩せずに車は走り続け、深澤がようやくエンジンを止めたときには出発から六時間以上が経っていた。可南子も知る宮城ではあるが、目の前には見たことのない田舎の風景が広がっている。

「じゃあ行くか」

車から降りると、深澤は大きく伸びをした。彼が両手を上に伸ばすと、肩甲骨の辺りの骨が音を立てる。可南子も長い時間同じ姿勢をしていたせいで腰が痛い。

「行くってどこへですか」

「おれの母校。ちょっとトランク閉めて車の鍵かけといて、おれ手が塞がるから」

キイを可南子に投げ渡すと、トランクを開けて大きなダンボールの箱をひとつ取り出し、肩に担ぐようにして深澤が歩き出す。可南子は慌ててトランクを閉めると、彼の後について行く。

雑草の生えた小道を歩いて行くと、確かに学校の正門が見えてきた。深澤は正門からは入らず、グラウンド側の通用門から入ると、迷いなくグラウンドを横切っていく。田舎の学校らしく広いグラウンドで、まだ放課後が始まったばかりなのか、学生はちらほら数えるほどしかいない。

「ちわっす」

深澤がグラウンドの隅にあるプレハブ近くまで歩み寄ると、突然どこからかいくつもの低い声が聞こえてきた。唸るような「ちわっす」に可南子は思わず眉をひそめる。

「よう。久しぶり」

プレハブの中から「深澤さんだ」「深澤さんだ」という歓喜に近い声がいくつか聞こえてきたかと思うと、真っ白のユニホームを着た丸刈りの部員たちが次々に出てくる。近くで見ると高校生の肌は艶やかで、考太と変わらないんじゃないかと思うくらいに、まだあどけない。

「監督は？」

深澤が誰というわけでもなく訊いた。

「大門《だいもん》監督は、もうすぐ来られると思います」

礼儀正しく直立した姿勢で、一人の部員が答える。彼がキャプテンなのだろうか。自分が答えねばという使命感がひしひしと伝わってくる。大門監督……。そういえば宮城北英高校の監督はそんな名前だった。

大門監督が現れると、挨拶もそこそこに深澤はウォーミングアップを始め、マウンドに立った。背恰好の似た部員にジャージを貸してもらい、真剣な表情で借り物のグラブの手触りを確認している。

「ひとり一打席で頼むな。おまえの練習につき合うことで、部員たちにもいい経験になるだろう」

監督がマウンドの深澤に向かって声をかけた。白髪頭に紺色のキャップを被った大門監督は、今はいくつになったのだろう。彼もまた十五年、きっかりと年を重ねていたが、その目は嬉しくてたまらないというふうにマウンドの深澤と部員たちの間を行き来している。

「内野だけでも守らせるか」

大門監督が大声で訊くと、

「いらないっすよ。こいつらには打たれないっす」

と偉そうな口調で深澤が返す。さっきのキャプテンらしい部員が、捕手として座っていた。マスクの奥の目が鋭く深澤の動きを捉えている。

深澤対、部員三十二人という対峙が始まった。私語をするものは誰もおらず、土を踏む音やバットが空を切る音、部員たちの息づかいだけが聞こえている。大門監督はレギュラー九人だけを打席に立たせるつもりでいたが、深澤が全員に投げると言った。

「大丈夫なのか、深澤」

少し心配そうに大門監督が言う。

「三十二人でしょ、一〇〇球くらいならなんでもないっすよ」

帽子のひさしに手をやりながら深澤がにやりと笑うと、部員たちの顔が各々に引き締まった。

部員相手の投球が始まると、深澤は圧倒的だった。プロ選手と高校生というよりも、プロ選手と少年野球の小学生というくらいに、力の差は歴然で、部員たちは深澤の球をかすりはしても芯で捉えることはできなかった。バットはことごとく空を切り、冗談かと思えるくらいにものすごいスピードで打席に立つ部員は代わっていく。

「しっかりせんか。おまえらそれでも甲子園狙ってるのかっ」

大門監督の叱咤《しった》が、静まり返ったグラウンドに響き渡る。おもしろそうなことをやっていると、野球部以外の学生たちも集まってきて、対戦を眺めている。

「これで、三十一……。新堂《しんどう》、次、おまえだ。キャプテンだろう、絶対に一矢《いっし》報いろ」

大門監督は、深澤が三十一人を連続アウトにとると、最後の一人であるキャッチャーマスクを被った部員に声をかけた。新堂と呼ばれた部員は慌ててマスクとプロテクターを外すと、バットを取りに行く。別の部員が迅速な動作で現れ、深澤の球を受けるために座る。

「よろしくお願いしますっ」

打席に立った新堂は、おそらく自分を奮い立たせるためだろう大きな声で言った。やはりこの子がキャプテンなのかと可南子は自分の直感に、手ごたえを感じていた。放たれる雰囲気に、飛びぬけて強いものがある。迷いのない生き方をしている人間だけが持つ近寄りがたい強靭さだった。

深澤は淡々とした表情を変えず、伸びやかなフォームから球を投げ込む。交代でキャッチャーの守備についた部員は、投げ込まれたカーブの軌道についていけず、初めの球を後逸したが、

「ストライクッ」

と大門監督が大声で告げた。

二球目、新堂のバットが突き抜けるような金属音を放った。左打席の新堂がいい当たりのライナーを一塁方向に放ち、静まりかえっていたベンチが沸いた。ずっと押し黙って恐い顔をしていた新堂の表情が、驚きと喜びで大きく動いた時、

「ファウルッ」

という大門監督の厳しい声がぴしりと歓声を鎮めた。監督の言う通り、新堂の打球は惜しくもファウルだった。

そして三球目。新堂のバットはさっきと同じように白球を捕らえた。しかし放物線は小さく、白球は力なく深澤のグラブに向かって落ちていった。

「さすがだな深澤。予告通り一〇〇球そこそこで片をつけたな。それにしてもおまえらは情けない。毎日何をやっとるんじゃ」

大門監督が深澤と部員たちを交互に見ながら言った。深澤を褒めながら、部員たちを叱咤するという複雑な表情で。

「キャプテン。名前、なんて言うんだ」

しかし深澤は大門監督の言葉には反応せず、新堂に声をかける。

「新堂です。新堂勇大《ゆうだい》です。ありがとうございました」

帽子をとって頭を下げると、新堂は恐いものでも見るように、上目遣いで深澤を見上げた。

「憶えておくわ」

深澤は新堂の首に腕を回すようにして言うと、嬉しそうな顔を見せた。その顔につられて新堂にも小さな笑みが浮かぶ。

その後、深澤は部員全員の名前を聞いていった。選手たちは直立し、大きな叫ぶような声で自分の名前を言う。深澤が、その全員の名前を憶えることは不可能だろう。でも部員一人ひとりは、深澤に自分の名前を告げたことをきっと一生忘れないだろうなと可南子は思った。

プレハブで着替えを済ませた深澤は、ダンボールの中身はスポーツ飲料だから好きに飲んでくれと言い、部員に頭を下げた。

「ありがとう。練習きつくても、頑張れ。それから……どんなことがあっても野球を嫌いにならないでほしい。これから先、野球を続ける奴も見る側になる奴も、野球を好きでいてくれな」

深澤が礼をすると、美しく横一列に並んだ部員たちがいっせいに深いお辞儀をした。並んだ白いユニホームがあまりに清潔に見えて、可南子は眩しさで目を細めた。

畑の真ん中の一本道に車を停めると、深澤が可南子に降りるように促した。一時間近く高校に寄っていた帰りなので、周囲はずいぶんと暗くなっている。

視界がよくないことと、車でさらに人気のない所まで来たことに気味が悪くなって可南子が降りるのを拒むと、深澤は自分が先に降り、車の前を横切って歩き、助手席のドアを開けた。

「なにびびってんの」

「びびってなんか」

「何かされるって思ってんだろ。自暴自棄になった元プロ野球選手に」

「そんなこと思ってません。それにあなたはまだ現役でしょう」

可南子は言うと、心の中で弾みをつけて車から降りる。車から降りたとたんに空気が冷たく、その寒さが現実感をもたらし、気持ちを冷静にした。

「ちょっと歩くぞ」

深澤が一本道を歩き始める。

「ちょっと待って。どこへ行くんですか?」

一本道の先には平屋の民家がぽつぽつとあるだけで、彼がどこへ向かって歩いているのか、可南子にはわからない。可南子の問いかけに振り返ることもなく歩いていく深澤の後ろを、仕方なくついていく。数分ごとに暗さの増す田園の中で、ひとり取り残されることも可南子には恐怖だった。

「おれはこの小さな町で、ずっとヒーローだった」

可南子が自分に追いついたのを知ると、深澤は歩く速度を少し緩め、話し始めた。

小学校に上がるとすぐに、野球を始めた。家は農家だったから、一年中父親も母親も忙しく働いていて、三人兄弟の末っ子の自分をかまう時間はほとんどなかった。子守の代わりにと入れた地元の野球チームで、すぐに頭角を現した。三年生になるとリリーフの投手として公式戦に使ってもらえるようになり、四年生でエースナンバーをつけた。

「近所に、元高校球児の米屋のおやじがいたんだ。ボールの投げ方やら肘の使い方やら全部、そのおやじに教えてもらった。スポーツ新聞の写真を切り抜いてきて、この投げ方を真似しろって言われたりな」

チームには一年生から六年生まで所属していたから、六年生を差し置いてレギュラーをとったということで初めはそれなりのやっかみも受けたが、圧倒的な能力が、じきにやっかみを打ち消した。

「これは自慢じゃない。プロ野球に入る人間っていうのはたいていそんなもんだってこと話してるだけだ」

四年生の時に少年野球の宮城大会で優勝し、それから三年間、県内では常に負けることがなかった。中学でも、深澤の力は抜きん出ていた。彼が投げた試合は一度も、負けることがなかった。完全試合を何度もしたし、全国紙や雑誌に取り上げられたこともある。

「高校生になると、自分以外にもすげえのがいっぱいいることがわかったけどな」

高校は県随一の野球強豪校に進んだ。さすがに高校では簡単に勝たせてもらえなかったし、深澤と同等の力を持つ投手は全国にたくさんいた。それでも深澤は、甲子園優勝投手という栄誉を勝ちとり、自分が山の頂にいることを確信した。そうして迷いも不安もなくプロの道に進むことになった。

「長い自慢話で退屈か?」

深澤が唇を歪め、薄く笑う。いつもの皮肉めいた笑顔だったけれど、嫌な気持ちはしない。

「あなたがヒーローだったんだってことはわかります。さっきだって、あの高校生たちから見たらあなたはヒーローだった。圧倒的に強かったから」

「おれは野球しかしてこなかった。いや、野球だけしていればいい人生だったんだ。おれは野球をしていればすべてが許され、認められてきた。ほんと、そうだったんだ。だから野球以外のことを深く考えたり、自分自身の生き方を省みたり、そういうことをする必要はなかった。投げて走って、体を鍛える。それの繰り返しだった。ずっと長い間。でもおれは今、正直言って余裕のない状態だ。崖っぷちで、それでもプロにしがみついていて、人から見れば恰好悪いかもしれない。でも、だから、今日あいつらに見てもらいたかったんだ。恰好悪いおれの強さ」

開き直るつもりはないが、野球以外のことをやれと言われても、どうしていいかわからないと深澤は言った。でも、今日出逢った高校生たちが十数年後、今の自分の年齢に追いついた時、何かを思い出すかもしれない。深澤という落ち目の選手と対戦したこと。それでも深澤の球は打てなかったこと。そういうことをいろいろ思い出して何かを感じるかもしれない。

生真面目な表情で言うと、深澤はジーンズの両ポケットに手をつっこんで歩き続けた。

「記憶のタイムカプセルですね。あの部員たちにあなたの本当の強さがわかるのは十数年後なんて」

可南子が言うと、

「落ち目のヒーローの最後の役目だな」

自嘲気味に小さく笑うと、深澤はジーンズの両ポケットに手をつっこんだまま歩き続ける。虫の声ひとつしない静まりかえったあぜ道に、彼の低い声が落ちる。夜の空には澄んだ満月が浮かび、その月明かりがありがたかった。

やがて一軒の民家の玄関の前に立つと、深澤は、可南子に合図を送るような視線を向けた。

なに？　声に出さず、可南子が深澤の目を見る。深澤の視線の先には小学生くらいの女の子とまだ歩き始めたばかりに思える小さな男の子がいて、陽の落ちた庭で遊んでいた。

「知ってる子？」

可南子は訊いた。

「おれの娘。六歳になった」

娘という言葉と、ポケットに手をいれて所在なく突っ立っている彼とがあまりに似つかわしくなくて、可南子は言葉を失くした。

「結婚……してるんですか？」

「いや。独身だ」

「でも……」

「女の子はおれの娘だけど、あの小さい男の子はかつて嫁さんだった人が再婚相手との間に作った子供だから、おれとは血が繋がってません」

おどけたように言うと、深澤は「おれにも過去はあるがな」とおかしな関西弁を使った。

深澤はしばらく、庭で遊ぶ子供たちを見つめていた。暗くて彼がどんな顔をしているのかわからなかったけれど、穏やかな心が隣から伝わってきた。寂しさとか哀しみとかそういうマイナスなものを超えた、慈しみの感情。

子供たちは薄暗い中、スコップで土を掘ったり、その土にじょうろで水をかけたりしている。女の子が弟に姉らしい口調で物を言いつけるのを、可南子もまた穏やかな気持ちで見ていた。

そのうちに家の中から母親らしき人が二人を呼ぶ声がした。「はあい」二人は声をそろえて入っていった。姉弟の脱ぎ散らかしたゴム草履が、カラフルな葉っぱのように土の上に転がっている。


深澤は、口笛を吹きながら今歩いて来た一本道を戻り、可南子はその背中を見ていた。

「後悔してますか？　奥さんと別れたこと」

可南子が訊くと口笛がぴたりと止まり、数秒の沈黙の後、

「してません」

と深澤は言った。

「なんで後悔しないんですか」

「野球がやりたかったから。たぶんもし結婚生活を選んでいたら野球には集中できなかったと思う」

「それってちょっと……極端な選択ですよね」

「わがままなもんで」

「いつになったら……終わりになるんですか」

「終わり？」

「野球を終わりにするんですか。もしくは終わりにしないつもり？」

「そりゃいつかは終わるさ。終わらないことなんてこの世にひとつだってないんだから。むしろ終えるために人は生きてんじゃないの」

きっぱりと言うと、深澤はまた口笛を吹き始めた。

「なんで終わりがあるんだろう？」

可南子はまた、訊いた。

彼は首を傾けてしばらく考え「さあねえ」と笑った。

そしてその曖昧な答えに可南子が無言になってしまうと、深澤は、

「終わりがなかったら全力出せないだろ」

と可南子を振り返り、ぶっきらぼうな口調で言った。

深澤が左腕を引き上げ、ボールを投げるふりをした。びゅんと風を切る音が可南子の耳を震わせる。幽霊ボールが田園の遠くまで飛んでいくのを、可南子は目で追いかけた。

「悪かったな」

腕を完全に振り下ろすと、その手を可南子の頭の上にのせて深澤が言った。しんみりと

した声だったので、

「なにがですか」

とわざと明瞭な口調で答える。

「おれの私用につきあわせて。悪かったって」

「そんなこと……。別に平気」

にんまりと笑うと、深澤がゆったりとした足取りで前を歩いていく。こんな時、どんな言葉をかければ効果的なのだろうか。娘さんはきっとあなたに会いたがってるはず、とか。いつかまた幸せは巡ってくるわよ、とか。

「なにぶつぶつ言ってんだよ」

深澤に言われ、はっと顔を上げる。

「何も言ってないけど」

「心の中で言ってた。おれには聞こえた」

停めていた車までたどり着くと、深澤は助手席のドアを開けてくれた。田舎道の真ん中で、自分たちが戻ってくるのを待ってくれていた車に感謝したくなるほど、辺りはすっかり暮れていた。

「ライト点けてんのに暗い。やばいな。畑に落ちそ」

車を発進させた深澤がそう言いながら、二十キロくらいのスピードを維持してアクセルを踏む。タイヤが砂利を踏む音が、夕方と夜の境目に響く。

「おれの私用につきあわせたお詫びとして、連れて行きたいところがあるんだ。あんたに聞かせたいものがある」

砂利道から舗装された道に出ると、深澤は宣言するように言った。

「なんですか？　聞かせたいものって……」

相変わらず窓から見える景色は暗闇だけだったが、大通りに出ると車は流れに乗りスピードを増していった。深澤は暗闇を裂いて走っているつもりなのか、アクセルを強く踏んだ。

目を開けると真っ暗で、今自分がどこで何をしているのかわからなくなる。体を少し動かすと、頸や背筋、腰が強く痛んだ。

「目、覚めたか」

姿勢を正していると、隣から声が聞こえた。ああ、私は車の中にいるのだ。この人の隣に……。可南子は頭の覚醒を促すように、自分の額に冷たい掌を当てる。

「今、海の真ん中を走ってるから」

深澤が言った。

「海の真ん中？」

ガラス窓の外に目をやると、暗闇が広がっている。フロントガラスの向こうも同じような暗闇で、深海のイメージに身体がすくんだ。

「なんで海なの」

平静を装った声で可南子は訊いた。東京へ戻るのに、海沿いを通る必要などあるのだろうか。地図を思い浮かべながら、また外のガラス窓に視線を移す。恐々とした表情を隣に座る深澤に気づかれないように。

「嘘。実は田んぼだらけの中の一本道」

暗い海に浮かぶ灯りを見つけようと、可南子が目を凝らしている時だった。深澤が軽い口調で言った。

「嘘って……。なんでそんな嘘をつく必要があるんですか？」

「海の真ん中だって信じただろ？　人間なんてそんなもんなんだよ。海と思えば海。田んぼと思えば田んぼ。目に見えない暗い部分はそういうもんなんだって」

深澤が大切なことを伝える口調で言った。

「それは思い込みってこと？」

「まあ……簡単に言えばそういうことだな。人生を大きく動かすには、自分自身の中の暗闇を動かすしかないってことだな」

深澤は言いながら、手元のスイッチを操作して窓を開ける。

田んぼの中の一本道と聞いて、可南子はガラス窓の外を眺めた。パワーウインドウが低く唸る音とともに、冷たい風が隙間分、平たく入ってくる。

「ほんと。草の香りがする」

「ここはほんと田んぼしかない」

海の真ん中だと思っていたら、とても窓なんか開けられなかった。可南子は深澤にそう言おうかと思ったけれど、言ったら笑われそうなのでやめておいた。

「ひとつ質問していいですか？」

可南子はずっと訊きたかったことを今、口にしようとしていた。自分との関係が変わるくらいに深澤の気持ちを不快にさせるかもしれない質問だった。でも、今ならどんな答えが返ってきても彼を理解できる気がしたし、そんな自分になら答えてくれるような確信もある。

「なんだ？　改まって」

「木下邦王監督のことです」

「木下監督？」

「あなたが木下監督の元でプレーしていた時、監督のやり方に反発して起用してもらえなかったって聞いたんです。それで何年間か二軍落ちして……。移籍して復活したけれど、そうしたら肘に怪我をした。大切な野球人生の数年間を木下監督に奪われたこと、恨んでませんか？」

可南子は深澤の横顔を見つめた。彼の表情はまったく変わらない。深澤はしばらく無言でいたが、それは可南子の問いかけを無視しているのではないことはわかっている。

「仙台球場のこと、知ってるか。木下邦王が監督として最後の采配をふるった場所だ」

唐突に深澤が訊いてくる。

「ありきたりのことは知ってますけど、仙台球場がどうかしたんですか？」

「何年か前に改装してからは、日本で一番広い球場だ。なんでもいいから日本一ってのがほしかったんだろうな。ホームベースを後方に引っ張るような形で、球場を広く使ってるんだ」

「そうなんですか」

「まあ観客にとっちゃどうでもいいようなことだけどな。ホームベースから両翼のスタンドまで一〇〇メートルってのが国際規格なんだが、仙台球場だけは一〇一・五メートルある。特徴はそれだけなんだが、もし木下邦王があのままあそこで監督をしてたら、その特徴を使って何か巧妙な作戦を編み出したかもしれないな」

木下が引退してしまい、自分は心底残念だと深澤は言った。自分が生きている間にはもう、あれほどまで緻密な手段で勝利をもぎ取っていくような監督は現れないだろう。

「おれは木下監督のやり方に同意できなかったけど、あの人を見てるとプロで勝つってことがわかったな。干された後、移籍してからの自分は前よりずっと強くなってた。個人的には大嫌いだけど、すごい監督だったと思う。だから恨んではいない。正直、あの監督にドラフトで引かれたことには運が悪かったとは思うけどな」

恨むってのはないな……と深澤はもう一度小さく呟き、自分の言葉に納得するように頷いた。

「なんかおかしな世界ですね。選手たちはもちろん、球団関係者も木下監督のそんなズルみたいな戦法を知ってたわけでしょ。なのに誰も言及しないなんて」

「それは、しないだろ。したところで自分らの首絞めるだけだからな。まあ中には地元の新聞社にすっぱ抜かれた球団もあったけど、それなんか珍しいもんで、たいていの記事はもみ消されるさ」

話を聞いているうちに、可南子は深澤が本気で木下を認めているのだということが理解できた。恨んでいないというのは、本音なのだろう。

「もう夜も遅いし、適当なとこで泊まるか」

深澤が言った。あまりにあっさりと言うものだから、

「そうですね」

と可南子も即答する。

これからどこまで行こうとしているのかとか、私に聞かせたいものが何なのかとか。訊きたいことはたくさんあったけれど、そう重要なことでもないような気がした。

窓の外には灯りもなく、車は山道を上っていくようにも、トンネルの中を走っているようにも、海岸を走っているようにも感じられた。


深澤が車を停めたのは、山間《やまあい》にひっそりと在る小さな料理旅館だった。泊まれる場所を探し始めて一時間ほどが経ち、ようやく見つけた小さな明かりだった。

「ここでいいか」

疲れを滲ませ、深澤が言った。さっきからしきりに「腹が減った」と呟いているのでずっと機嫌が悪いのだ。考太も腹が減ると、人が変わったように不機嫌になる。

「どこでも」

可南子も適当に相槌を打つ。

通りかかった時に見つけた明かりは蛍のように小さかったのに、中へ通されると旅館はとても立派な佇まいをしていた。建物は古いが、清潔で贅沢な調度品が、名の通った旅館であることを物語っている。

宿帳に深澤がペンを走らせている間、可南子は飾りのように置かれていた大きなラタン椅子に腰かけた。ずっと車に乗っていたので、体がまだ揺れているようだ。暗闇の中をずっと運転していた深澤もまた疲れているだろうと、骨格のしっかりとした大きな背中を見ながら思う。

「とにかくなんか食おう」

先を歩く深澤が振り返る。可南子は頷いて、遅れを取らないように歩みを進めた。


大きな風呂に体を浸すと、なんとも言えない解放感があった。湯につかるまでは自分が疲れきっていることにも気づかず、こうして温かい膜で裸を包まれ、ようやく全身の強張りを知った。縮こまり捩れて小さくなっていたガーゼが、水の中でふわりと広がっていくような素直な気持ちで、可南子は手足を伸ばした。

小さな旅館には似つかわしくないほどの、立派な岩風呂だった。浴場には室内に檜風呂、露天に岩風呂が設置されていて、可南子は外の風呂を選んだ。首から下が温まり、頭はひんやりという露天が心地良い。

深澤も今頃風呂に入っているはずだった。食事をとった後、なんとなく会話が途切れてしまい、

「ちょっと風呂行ってくるわ」

と言ってくれた時には、心底ほっとした。友達でも恋人でもない男と同じ部屋にいるのは窮屈だった。

竹で造られた垣根を隔て、隣の男湯で湯を使う音がする。深澤がのんびりと長湯をしているのかもしれない。

こんな気詰まり、そういえば久しぶり……。湯の中で手や足をひらひらさせながら可南子は思う。水という膜越しに見ると自分の肌はまだ滑らかで、白くほっそりとしている。背や尻にもさほど肉はついていないし、腰だってまだ位置がわかるほどのくびれはある。そうやって自分の手で自身を確認していることがおかしくて、笑ってしまった。嘲笑というのではなく、男性の目を意識する気持ちがまだ自分の中に残っていたことに対する、好意的な笑みだ。

風呂から上がり備え付けの浴衣《ゆかた》に着替えると、可南子はのぼせた身体を冷ますために、旅館の庭を歩いた。やはりここは名旅館なのだろうと思わせる、広くはないが手入れの行き届いた夜景に、思考すらがほどけていくのを感じる。

「気持ちいいなあ」

思わず口にする。夜でも不自由なく歩けるように随所に置かれた行灯《あんどん》の火が、美しく揺れている。

じっと火を見つめていた。火を見ているうちに、過ぎ去った時間が今この場所に集まってくるような感覚に陥る。自分という人間は今この場所にしかないと、強く思えた。

これから私はどのように生きていけばいいのだろう。考太が育っていく傍らで、自分はどのような生き方をすればいいのか。今の自分が空っぽの器のように思えてくる。考太に注ぎ込んでやれる生きるための糧が、自分の器には何もない。そう思うと風呂上がりの体が急に冷えていくような気がして、可南子は両手で頰を押さえた。

真っ黒の池を見ていると、背中側の空気がふと温まるのを感じ、振り返ると深澤が近くにいた。いつからいたのかわからないほど、静かに佇んでいる。

「なにしてるんだ」

「なにって……散歩です」

「なかなか戻ってこないから、一人で帰ったのかと思った」

「まさか……。荷物だって部屋に置いてるし、第一こんな夜更けにどうやって帰るの」

「それもそうだな」

暗がりで表情が見えなかったが、深澤は淡々とした口調で話す。他に宿泊をしている人の姿はなく、二人きりだったが、可南子は声を潜めて話した。

「先に休んでくれたらよかったのに。もう十一時過ぎてますよ」

「まだ寝ないさ。もうすぐニュースが始まるからな。プロ野球ニュースの時間になると目が覚めるようになってる。習慣ってのはおそろしいな。見たところで落ち込む材料になるだけなのに、なぜかテレビをつけてしまう。他人の活躍を知ってもなんもならないのに」

「案外自虐的な性格なのかも」

「そうかもな」

表情が見えなくても、深澤が今微笑んだのが可南子にはわかった。

「で、なにしてたんだ。こんなところで池なんか見て」

「さあ……。いろんなこと考えてたの。人生は予測不可能なことが起こるんだなあって。風呂の湯があまりに温かくて気分良かったから」

「気分のいい時に考えることなら、前向きなことだな」

胸の前で腕組みをしていた深澤は、その片方の手を可南子の肩に置いた。それから何も言わなかったが、その手の熱さが湯冷めしてきた可南子の体温を少し上げる。

「結婚とか、考えなかったのか」

いきなりの質問に、可南子は思わず深澤の顔を見上げた。肩に乗せられた手を滑り落とすような感じになる。

「なんですか。突然」

「いや、これまでそういうこと考えたことなかったのかなと。ただの疑問」

「ない……ですね」

そういえば、考太を産んでから結婚願望を持ったことなど一度もない。淡々と毎日の仕事をこなし、実家に仕送りし、彼が大きくなっていく姿だけを積み上げてきた。この八年間、とてつもなく長い階段を上がるみたいに一歩、一歩……。そしてまだ、階段ははるか遠く上まで続いている。

「子供の父親とは？　結婚したいと思わなかったのか」

「思わなかったといえば……嘘になるかな」

不躾《ぶしつけ》な質問だと思ったが、素直に答えた。

「でもそれは考太が産まれる前までのことかな。産まれてしまえば、それはそれで忙しかったし」

「それに、考太の父親は結婚など望んじゃなかった」

「言いにくいことを……言いますね」

可南子は苦笑する。深澤の手がいたわるように可南子の肩に再び置かれる。可南子は彼の優しさが、自分への同情からきているのだと思っていた。でも、それでもいいと思う。相手の思惑など、今はどっちでもいい。疲れた……。私だって誰かに寄りかかりたい時がある。いろんな言い訳を頭の中でかき混ぜながら、可南子は首を傾げるようにして、肩に置かれた深澤の手に自分の頭をもたせかけた。

部屋に戻るまで、可南子の手は深澤の手に繋がれたままだった。自分の知り得る男の中で一番大きな手だと、可南子は思った。旅館の廊下で一組の老夫婦とすれ違い、可南子はとっさに下を向いて顔を隠したが、向こうはこちらを見ようともしなかった。こんな場所で浴衣を着て歩いているのだから、手を繋いでいるくらい不自然ではないのだろう。

部屋に戻ると、冷蔵庫から缶ビールを二本取り出し、深澤が座卓の上に置く。グラスもどこからか持ってきて、何も言わずビールを注ぐ。畳に正座して、可南子も無言のまま琥珀色のビールを飲み干す。渇いた喉が潤い、体温が少し上がったような気がする。

「今から十年以上も前のことになるのかな……」

深澤が低い声で話し始めた。座卓に向かい合って座っていた。部屋の明かりは床の間だけしか点いていなかったので、お互いの表情はうっすらと窺えるだけだ。

「おれが、まだ期待の新人といわれ、一軍にいた頃だ……。その頃は今じゃ錆びついたバネみたいなおれの左肘も、まだ新品の機械みたいだったんだ」

おれはその夜、遠征先のホテルの部屋で次の日の登板のことを考えてたんだ。そりゃ興奮してた。監督から「明日先発でいくから覚悟しとけよ」って言われてな。九時にはベッドに入ったんだがずっと眠れなくて……。

なんか体中が火照ってきて左肩が妙に熱く疼《うず》いてくるから、氷で冷やそうと思って起き出したんだ。ベンディングマシーンってやつ？　スイッチを押すと砕けた氷が自動的にガシャガシャ出てくる機械あるだろ。あれ探しに部屋を出たんだ。ああいう機械って、ホテルにはたいていあるじゃないか。

起き抜けのジャージのままホテルの廊下、歩いてたんだ。毛足の長い絨毯が一軍の証明みたいにふかふかだったのを覚えてるよ。ビロードの上を歩いてるみたいな贅沢な感触。もう夜中になってた。

そうしたら、廊下で女とすれ違った。

それがいい女なんだ。仕上がりの絵みたいに鮮やかで、乾ききってないニスの匂いがこっちまで香ってきそうに艶々《つやつや》してな。頭もぼうっとしてたから、思わず立ち尽くした。夜中なのに、なんでこんな美人がうろうろしてるんだ？　ホテトルか？　それにしては上品すぎるし、崩れた感じもしない。

女とすれ違った後、おれは当然振り返って女の歩いていく姿を眺めた。

「あ……」

思わず声が出ていた。

女はおれの声に立ち止まって振り返り、困った顔をして首を傾げた。そうして、笑いながら会釈したんだ。笑顔っていうより微笑だな、あれは。黒豹が笑ったらあんな顔になるだろうなって笑顔だ。鼻につくくらい自信満々の笑みってやつ。

おれ、慌てて前向いて歩き出した。圧倒されたっていうより馬鹿にされたような気がして。でも二、三歩足を出してまた振り返っちまった。それくらい、いい女だった。

でももう姿がなかった。あれ、おかしいなって。エレベーターはおれの歩いて行く方向にあったし、廊下はどんつきで行き止まりのはずだ。それにその階の部屋は全室、おれたち選手で埋まっているはずだったんだ。

やっぱり誰かがホテトル嬢呼んだんだ。くそっ。ずるいじゃないか、あんないい女。

思わず廊下を引き返した。聞き耳立てながら。

案の上、ある部屋から女の声が聞こえてきた。

「誰にも見つからなかったか」

なんて言ってるのは当時大スターの藤村だ。藤村が女好きだっていうのは知ってたけど、試合の前日に女と遊んでるなんてな。でもあの頃の藤村に意見できる奴なんて監督はもとより首脳陣の中にもいなかったけどな。三十過ぎてるくせに嫁も子供もいるくせによくやるわって無性に腹立って、でも半分羨ましくってな。よし、おれも大投手になっていい女と遊んでやるぞって。結局その夜は朝まで眠れなかったな。そのせいか翌日はサンドバッグみたいに打たれて散々だったけど。

印象に残ってた女だったから、週刊誌で見つけた時は、

「片岡じゃないだろ」

って声に出した、思わず。中傷記事だったたな。その女は女優でもモデルでも、もちろんホテトル嬢でもなかった。なにより驚いたのが、藤村茂高にはまったく触れられてないことだな。でもおれにはわかった。藤村がはめたんだ。

藤村が片岡を使って、あんたをはめたんだ。

深澤はそれだけのことを話し終えると、罪深い告白をした後のように、大きく息を吸った。可南子は何も話せないまま、しばらくじっとしていた。

「……どういうことですか？」

やっとのことで言葉にした声は、小さく低く夜に響く。ほんのついさっきまで昂ぶっていた想いが、一気に冷えていくのを体で感じながら、可南子は下を向いていた。深澤に身を寄せ浮かれ、はしゃいでいた愚かさが、恥ずかしかった。彼は今日この場所で、過去の出会いを告白すると決めていたに違いないのに……。

「藤村さんが片岡とあんたが会っているところを写真週刊誌に撮らせた。片岡がじきに警察沙汰になることも知った上で」

「どうして……そんなことをする必要があるの？」

「それはきっと……自分とは無関係のままあんたを切るためなんじゃないのか。自分の都合のためなら誰が傷ついたって平気なんだ。言いたくないが、藤村さんってそういう人間だったよ」

と深澤は言いにくそうに続けた。

「はじめから、気づいていたんですね、私のこと。藤村とホテルで密会していた女だって」

「いや。正直初めはわからなかった。ずいぶんと感じも変わっていたし、なにより十年も経ってるんだ」

でも名刺の名前を見たら、すぐに思い出した。頭の中で可南子の顔に丁寧な化粧をし、スカートを履かせてみると、十年前の姿に重なったのだと深澤は笑う。

「そう……。私たち初対面じゃなかったんですね」

薄らいでいた昔の痛みを思い出しながら、可南子は言った。

「考太はいい子に育ってるな。藤村のおっさんの性格の悪さは微塵も遺伝してない」

彼の言葉が、今は現役を退いてテレビの解説者としての地位を固めている藤村の顔を思い出させた。

「でも考太の体格といい手首の柔らかさや全身のバランスの良さは藤村さん譲りだ。人間は最悪だけど野球はほんと巧かったからな、藤村さんは。おれが考太を褒めたのは本心だ。あいつは運動選手としての筋がいい」

ただの取材対象として向かい合っていた深澤の手の中に、実は自分の琴線を握られていたなんて。どんな顔をして彼の目を見ればいいのか。何を言えばいいのか。可南子はただ黙って彼の言葉を聞いていた。


翌日の車の中で、可南子は終始無言だった。何度も暗い考えに陥り、深澤も可南子の気持ちを理解しているようで、何も言ってはこない。

「大丈夫か」

それだけが、朝から彼の話しかける言葉で何度か繰り返された。可南子は「はい」とだけ小さく答える。

昨夜、可南子と深澤はたくさんのことを話した。知り合ってもうずいぶんの期間が経つというのに、昨日一日でこれまで会ってきた以上の言葉を交わした。心も交わすことができただろうか。

深澤は、片岡信二という男について可南子より多くの情報を得ていた。

片岡が藤村の舎弟であるということ。藤村が、プロ野球の世界では二度と活躍できなくなった片岡の、その後の就職先を斡旋してやったこと。片岡が藤村から頼まれて、可南子に近づいたこと。

可南子が藤村と別れた夜、藤村はホテルのバーにひとり残された可南子に話しかけるよう片岡に言いつけた。そうしてから雑誌記者にも連絡を取り、二人でいるところを写真に撮らせた。片岡がその後間もなく警察に捕まることも藤村は知っていたからだ。

深澤がそんな話を始めた時は、可南子はとても信じる気になれずむしろ彼を憎んだ。だが話を聞いていくうちに、きっと彼が言っていることが真実なのだと思えてきたのだ。片岡はその後、藤村を贔屓にする建設会社の社長のもとで職を得たという。

「なんでそんなこと、あなたが知ってるんですか？」

初めのうち、可南子は深澤に詰め寄った。「作り話じゃないんですか」

だが深澤は、関係者の一部の間では知られていることだと告げた。嘘だと思いたい気持ちはわかる。でも真相を知って初めて動くこともある。

「もしそれが真相であるとして、なんで今頃そんなことを私に教えるんですか」

憤りに胸をつかれながら、可南子は訊ねた。藤村との別れも、その後の自分にとっては忘れられない屈辱もすべて、藤村自身が仕組んでいたことだなんて。衝撃はやり場のない羞恥心に変わる。

「あんたがまだ……藤村に未練をもってるように思えるから」

「未練なんて」

「というより、藤村と別れるまでの人生に、とでもいうかな。よくわからない縛りが、おれには見える」

「だとして、そんなどうしようもない事実を私に伝えてどうなるの？　私が、それならすっきりしました、藤村のことなんて忘れてもう一度人生をやり直しますという気になるとでもいうんですか」

目の前の深澤を睨みつけ、可南子は低い声を出した。この人は自分を「騙された女」だと初めから知っていたのだ。すべてを知って、何も知らないふりをして近づいてきたのだ。

「おれはその後しばらく、あの女はどうしたのだろうと思っていた」

深澤が言った。

「それはどういう意味ですか？」

可南子は訊ねる。

だが深澤はその問いかけには答えず、

「もうすぐ東名を降りて名神に入るから」

とハンドルを持っていた片方の手を離し、前方を指差した。可南子が深澤の声につられてフロントガラスに向き直ると、明るい道が遥か先まで続いている。

「見ろよ。甲子園球場だ」

晴れやかな青空の下に、スタジアムが見えてくる。可南子は深澤の指差す方角を無言で見据えた。長い時間をかけて到着したのが、また球場であることの意図がわからない。

「甲子園球場？　ここに何があるんですか」

疲労の滲んだ声で可南子は訊いた。

昼間の球場は、人のいない公園のように明るく静かだった。切符売り場の窓口は閉められ、布のようなシャッターで塞いであった。

「行くか」

深澤はためらいのない足取りで、可南子の前を歩いていく。仕方なしについていくと、スタジアムの中に続くドアのひとつが予告もなく中から開いた。ドアの向こうから老人と呼んでいいくらいの男性が顔をのぞかせる。

「ヨシケイさんっ」

深澤は彼に向かって、そう叫んだ。

「おお。遅いじゃないか」

「ヨシケイさん」と呼ばれる老人は、仏頂面のまま右手を軽くあげた。手をあげるのもかったるいというような緩慢な動きだ。

「宮城からかっとばして来たんですけどね。悪いっすね、休憩時間なのに」

「休憩じゃないで。休みやったんや。今日のおれは非番なんや」

ヨシケイさんは可南子の方を見ると、頬の筋肉をひきつらすだけの笑顔を作って、深澤と同様に中に入るように促した。二人が中に入ると、もう一度ドアの外に顔を出し、漫画みたいな仕草で誰かに見られていないかを確認してドアを閉め、鍵をかけた。

部屋の中に入ってみると、この場所が守衛室であることが可南子にもわかった。マジックで書かれた警備に関する覚書が至るところに張られてある。

ヨシケイさんが本名は吉田啓造《よしだけいぞう》さんであること、昔からの顔なじみで仲がいいこと、元は球団関係者だったが今はアルバイトで球場の守衛をしていることなどを深澤が話してくれる。ヨシケイさんは深澤が自分を語るどの内容にも興味なさそうだった。

「わざわざ出てきたんや。おまえが呼び出すから」

ヨシケイさんは冷蔵庫からペットボトルの水を出して深澤と可南子の前に置くと、冗談とも本気ともつかない様子で言った。

「すんません。恩にきます。あと電話で頼んだやつも」

「わかっとるわ。で、グラウンドを観ていくんやな」

あんまし騒ぐなよ、若造。ヨシケイさんはそう言うと、さっきの扉とは別の、球場の中に続いているドアを開けてくれた。可南子が深くお辞儀をすると、さっきよりはいくぶん微笑みに近い感じで、筋肉を大きく動かしてくれる。

アルプススタンドの高い位置から、緑の芝の広がるグラウンドを見下ろす。風が勢いよく吹いていて、心地良かった。観客がいない球場は、広大な海や平原……山の頂のようにも見えた。

「やっぱりいい球場だな」

深澤が自身に問い掛けるように小さく笑った。

「芝がきれい。球場ってどこも芝生が鮮やかですよね」

あまりに美しい芝の緑に、可南子は素直に感嘆の声を上げる。こんなに明るい場所に立つのは、久しぶりかもしれない。

「職人たちが真剣に維持してるからな。グラウンドを整備する人たちも真剣。選手も真剣。球団を運営してる人たちも真剣。野球記者も真剣。ファンもまずまず真剣。そういう場所なんだな、プロ野球ってのは。たかが野球、されど野球。スポーツなんて要は娯楽かもしれないけど、それを命がけでやってる人間たちで守られてる場所なんだ」

「だから木下邦王も許されるのかな。覗きなんて行為をしても、それはそれで命がけだから」

「いんや、ズルはズルだろう。でもなんだろう、やっぱりどこかでその執念に敬意を払う気持ちもある。勝つため。それ以上にこの世界で生き残るため。そういう気持ちがおれたちには理解できるから、やっぱりどこかで許してしまうかもしれないな」

魅了される。という言葉を深澤は使った。

プロの世界で野球をしている者の多くは、この世界に魅了されている。どんな形であろうとも、離れたくないんだ。深澤は笑いながら言い、厳しい目をしてグラウンドを見ていた。

「この十五年、いろいろあった」

歳月を慈しむように深澤は言った。「人生にはいろんな十五年があると思うけど、おれはこれまでの十五年が格別だったような気がする」

「それは……私もそうかもしれない。何より考太が生まれて育って……」

「そうだな。あんたには子供がいるからな」

「深澤さんもあるじゃない、野球が」

「ああ……おれは野球しかしてこなかった」

深澤は言うと、手に持っていたペットボトルの蓋を開け口につける。そして、ペットボトルを空っぽにしてしまうと口元を手の甲でぬぐい、呟く。

「これからは……」

「これからは？」

「これからは、ビリからのスタートだ」

「ビリ？」

「最後尾ってことだ。十五年前は先頭でスタートを切った。周囲はおれが一番だなんて思ってもなかったろうけど、少なくとも自分は、先頭集団にいるんだと信じていた。おれは一番だ。自分にできないことはないって。でもな、この十五年間で順位を下げ、今じゃビリっけつだ。もう先頭集団なんてどこに行ったのかすらわからない。でもどこにもゴールが見えないから、とりあえず走らなきゃならない」

「歩いてもいいじゃないですか」

「歩くのは嫌なんだ」

言ってしまって照れたのか、深澤はまたペットボトルを手に取り、それが空っぽだと気づくと飲み口を手に持ち、可南子の頭を軽く叩いた。空気が抜けるような間の抜けた音がする。

「苦しい生き方……。しかもこれからのはビリからのスタートだし」

可南子は言った。重くならないように、茶化すように。

「そうだ。肉体的なピークはとっくに過ぎてる」

「そうですよ。私なんて一日があまりに早く終わって恐くなる」

「おれはまじで、衰えることが恐い」

「ほんと。……なんで人は衰えるんだろう」

「終わるため、だろ」

「なんで終わりがあるんだろう」

「そりゃ、全力で生きるためだろ。前にも言ったけど」

深澤は言ってから、可南子の頭に、自分の被っていた野球帽を載せた。

「ねえ。さっき、どこにもゴールなんて見えないって言ってたでしょ。じゃあ、ビリのあなたは、どこに向かって走ってるんですか」

「終わりかな」

「終わり？」

「そう。自分にとって納得のいく終わりはあるだろう。終わりは悪いもんじゃない。さっきビリって言ったけどな、おれとしては今、先頭にいるんだ。これまでは他人と競争するためにやってきたけど、これからは自分との競争をする。だから先頭」

自分より年上で、まだ現役を続けている投手が実際にいる。目立った成績を残さなくても、長く現役で戦っている選手を敵味方関係なく尊敬している。しんどいな、と思う年齢になってからは、一年でも長く現役でやれることが大事なんだと気づいた。「おれは無理だ」と思ったらだめなんだと深澤は笑った。

「羨ましい。そういうものがあって。最後尾からでもまたスタートを切ろうというような、そんな大切なものが人生にあって」

可南子は心から羨ましいと思っていた。今どの辺りを走っているかすらわからない自分自身には、深澤の覚悟が眩しく見える。自分もどこかに向かって走れるだろうか……。最後尾という言葉が絶望ではなく、新しい風通しの良い場所のように聞こえ、むしろその場所からなら走れるような気がした。先頭集団に食らいついていこうとする自分の背中が見える。そもそも先頭ってなんだろう？

「あんただって同じだろう」

「私ですか……。そんな大それた意志はないです。ずっと会社にしがみついてきただけ。好きでもない仕事をしてきたのは給料が欲しいのと、あとは……意地です。やめると負け、みたいな。自分が正しいと思っていたから」

可南子はかじかんだ指先に息を吹きかける。さっきから風がひっきりなしに通り過ぎていき、全身が冷たくなっている。

「あとは藤村への未練？」

「そんな……未練なんてものじゃないです。未練というよりむしろ、自分は平気なんだということを見せたかったのかな。一人でも、どういう状況でもこれまでと同じように生きていけるってところを示したかったのかもしれません。よくわからない心境ですけど」

そんなつまらない思い込みで、自分はずいぶんと考太や家族に迷惑をかけてきたなと可南子は思った。一番大切なのは、自分を必要としてくれる考太なのに。

「前にあなたが私に言ったこと、憶えてますか？　自分の子を実家に預けて一人で暮らしてるなんて、あんた罪悪感ないのかって……。本当はずっと感じてました。考太が寂しい思いをしていることもわかってた。でも、気づかないふりをしていたんです。……罰を受けますね、きっと」

「罰なんてないさ」

深澤が怒るように言った。

「あんたは何も悪いことしてない」

背中を掌で叩かれた。けっこう大きな音がして、体が前によろめく。思わず大きな息が吐き出され、全身の力が抜けていくように思えた。

「人には、納得のいく終わりってのが、それぞれの形である。その終わりは、新しい方向へ向かうための終わりなんだ」

深澤はまだ可南子の頭にある野球帽のつばを指先で押し、深く被らせる。視界が遮られるくらいに目深に被らされた大きめの帽子のおかげで、可南子は泣き顔を見られないですんだ。

「いったん足を止めたりなんかして……また走り出すことなんてできるかな」

「できる」

「私を知る人たちが、会社をやめた私のことを負けたって思わないかな」

「誰も思わない。もしそんなふうに思う奴がいても、そんな奴とはこれからの人生関わらないでいいだろ。大事な人たちがあんたを理解してくれればそれでいいんだ」

あんたは頑張る人だから、どこへ行っても頑張れるさと、深澤は帽子の上に手を置いた。

それから日が暮れるまで、可南子は深澤とスタンドにいた。バックネットの裏側に記者席があり、当時自分が座っていた場所を深澤に教えた。

並んで座りながら、

「この場所から、私はあなたが優勝投手になるのを見ていたんです」

と告げた。あの日のあなたは、本当に、日本で一番恰好いい少年だった。

深澤はマウンドを見つめていた。その複雑な表情からは、可南子には彼が何を考えているのかはわからない。十八歳だった深澤翔介と、二十三歳の自分。あの頃の自分たちは幻ではない。私たちは何も失ったりしてはいない、十五年を経て強い大人になったのだと、可南子は深澤に言いたかったけれど、言葉に出すとちっぽけな言い訳のような気がして胸に留めておいた。

心地の良い沈黙が何度も風に吹かれた後、ふいにサイレンが鳴った。耳をつんざく大きな音が、球場に響き渡る。

「これって……」

「試合開始のサイレン。ヨシケイさんに頼んで鳴らしてもらう約束した。好きなんだ、この音が」

体全体を包むような、初めて聞いた時は女性の叫び声のようなサイレンの音。高校野球の開催期間中、試合開始と終了の時に毎日聞いた。緩んだ気持ちが引き締まり、恐怖と高揚を呼び覚ます懐かしい音だった。

「こんなの勝手に鳴らしてしまって。あの職員さん怒られるんじゃないんですか」

「来月、リタイアなんだ。だからいいんだと。無人の球場で一度鳴らしてみたかったってヨシケイさん二つ返事だった。みんなおもろいわ、野球人は」

静かなものを煽るような、鼓舞するような響きの中で、深澤は目を閉じていた。サイレンの音が小さくなり、やがて消えてしまうまで、深澤は目を開かなかった。

14

立派な球場のグラウンドで行われるキャッチボールを、可南子はバックネット裏で見ていた。光るように艶やかな褐色の土の上に、考太は立ち、緊張した面持ちでボールを投げている。

考太の細い腕から投げ放たれる渾身のボールを受け取るのは、九年ぶりに目の当たりにする藤村茂高。

「もうちょっと下がりなさい。そうだ、あと一メートル」

藤村の出す指示通り、考太が後ずさりする。

「よし、そこから投げてみなさい」

考太が何歩か後退すると、藤村が手を上げて声をかけた。

考太はこれまで可南子が見たことのない真剣な表情をして、全身を使って投球する。その球のスピードは野球に詳しくない自分ですら、小学生の域を超えていると思うくらいのものだった。

「すごいな」

さっきまで一人でグラウンドの周回を走っていた深澤が戻ってきて可南子の隣に座る。熱と汗の臭いが可南子の半身に伝わってきたが不快ではない。

「あいつ、この前よりも速くなってるな、球」

もしかするとあと二、三年もすればおれを抜くかもしれないと深澤は自嘲気味に呟く。

「でも、笑えるくらいに緊張してるな」

「そりゃ……。いろんな意味で」

藤村茂高がかつての名捕手であり首位打者であったことは考太も知っている。今も解説の仕事でテレビやラジオに出ているので知名度も衰えていない。そして、一週間ほど前に自分と血が繋がった、遺伝的には父親となることも、彼は知らされたのだ。

「考太はむしろ喜んでたわ、藤村と自分との関係を。あれくらいの年の男の子の心境ってほんと私にはわからない。私にしてはショックを受けるかと思ってすごく悩んでの告白だったのに、本人『すげえ』なんて言っちゃって」

視線は考太に固定したまま、可南子は言った。本心はまた複雑なのだろうけれど、自分には見せない彼の想いもあるのだろうけれど、告げた直後の反応は嬉しそうなものだった。

「ヒーローに憧れるからな、あれくらいの年の頃は。男子は強くて速くてでかいものが好きなんだ。理由無しに」

深澤が笑う。「あいつは、あんたと違って素直な性格みたいだし、本気で喜んでるんだと思うよ。しょぼいおっさんが親父だったりしたらへこむだろ、実際」

ユニホームこそ着ていないが、藤村は上下揃いの黒のジャージ姿でグラウンドに現れた。腹が出て髪は薄くなっていたが、上背があり、骨格のしっかりとした体型は、可南子の知る当時のままだった。野球帽を被ると、現役時代の引き締まった顔にもなった。

「久しぶり」

藤村は一言だけ可南子にそう告げると、考太に「キャッチボールでもするか」と向き直った。

今日こうして考太と藤村を引き合わせてくれたのは、深澤だった。藤村はもともと同じチームの先輩と後輩で、彼が言うには、「仲はさほど悪くない」らしい。何度もバッテリーを組んだ間柄だし、藤村は後輩の面倒見はいい方だったと。

「それにしても藤村がよく来てくれたわね……」

可南子が呟く。

深澤は藤村にすべてを話したのだという。可南子のことや、考太の存在。初めは無言で何かを考え込んでいるような藤村だったが、最終的には、「会ってもいいぞ」と言ったそうだ。

「暇なんじゃねえの」

「そういう問題じゃないでしょう」

「でも会いたいって気持ちもきっとあったんだと思う。もしおれだったら会ってみたいな。昔の女はどうでもいいけど、自分と血の繋がった息子には会ってみたい。藤村はあんたが出産したことは、どこからか耳にしていたみたいだ」

「そう……なんですか。でもずっと、音沙汰なんてなかった……。考太は……片岡信二の子供だと思われていたから……」

「でも藤村だけは、そうは思ってなかった」

「そうね。ほんと……ずるい人ですね。ずるいけどこうして考太に会いに来てくれたことは奇跡なのかな。感謝しないといけないのかな」

深澤から真相を聞いた直後、藤村に対する恨みや憎しみめいた感情が溢れるように湧き出し、可南子を苦しめた。でも今はもう、過ぎ去ったことだと思える。

可南子はボールを目で追うふりをしながら考太の顔、藤村の顔を交互に見ていた。こんな光景を夢想していた自分が遠い昔にいたような気がする。夫と息子がキャッチボールする姿を、眺めている自分。決して自分には手に入らない時間だと思っていた。考太には与えてやれない時間だと思っていた。最初で最後であってもいい。考太にとっては、この数十分がきっと忘れない記憶になる。

「ありがとう」

可南子は視線を深澤に移した。

「なに？」

「いろいろありがとう」

「いや、そんなたいしたことじゃない。ただ藤村に電話かけて日時を決めただけだ。この球場は藤村の口ききで使わせてもらってるわけだし、礼を言われるようなことはしてません」

早口で言うと、首にかけていた紺色のタオルで、深澤は汗をぬぐう。「でも」と可南子は心の中で彼に続ける。考太に藤村のことを話そうという気になったのも、ましてやこうして二人を会わす気持ちになれたのもやっぱり、あなたがいてくれたからだ。誰かに出逢ったことで自分の気持ちが動き、そうして思いもよらなかった出来事を引き起こす。それが本気で人と関わるということだということを、深澤は思い出させてくれた。もう何年も他人と本気で関わってこなかった自分を、動かしてくれた。

「ありがとう」

可南子はもう一度言った。礼を言われると、どこかが痒くなったみたいにもぞもぞする深澤なので、他の言葉を探してみたが思いつかない。

「もういいって。じゃあなんか飲み物買って」

深澤が言うので、どこかに自動販売機があったことを思い出し、可南子は立ち上がった。するると、深澤は笑いながら可南子の肩を押して再びベンチに座らせると、

「自分で買いに行ってくるわ。未来のエースの投球練習、見とけよ。せっかく嬉しそうに見ていたのを邪魔しに来たおれが悪かったわ」

と腰を上げた。

可南子は言われるまま視線を再び考太の顔に落とす。いつの間に、こんなに大きくなったのだろう。背丈はもちろん、肩も腕も、可南子が知るよりずっと頑丈に育っている。私は考太が大きくなっている間、何をやってきたのか。考太以外に何一つ大切なものなど持たないくせに、その世話の全てを両親に任せ、ただ送金だけして満足してきた。いや、本当は満足なんてしていなかった。これではだめだと何度も思いながら、その思いを打ち消していた。今までの自分とは全く違う人生を選ぶことは敗北だと思っていた。何に対して

負けるというのだろうか。自尊心が、可南子に仕事をやめて故郷に戻る選択をさせなかっただけなのに。藤村との破局など、自分の人生になにひとつ影響を与えていないのだと嘯《うそぶ》きたかっただけなのに。

昨日、部長に呼び出され「異動は無理だ」と言われた。「それなら退社します」と可南子は言った。そしてしばらく前に書き上げていた辞表を手渡した。相談も前触れもなく渡したものだから、驚きの表情で部長は可南子を見ていた。「もう決めたことですから」と言うと、「わかった」とだけ言葉を返された。あとは総務部の人が可南子のもとにやってきて、いろいろ説明をしてくれた。有給があと何日残っているとか、退職金がいくら出るとか。事務的なことをしていると、退職が身近になり、気持ちも軽くなってきた。

吉田デスクは複雑な面持ちで「決意は固いらしいね」と言ってきた。可南子が黙って頷くと「きみは優秀だよ。お世辞じゃなくて」という言葉をくれた。さらりとした一言に涙が出そうになったが辛うじて笑顔を作り「ありがとうございます」と言えた。送別会なんかは一切してほしくない。勤務時間が終わったから会社を出るみたいにして、退職していきたい。可南子は最後の希望としてそう伝えると、吉田デスクは「わかった」と頷いた。会社というところは、新入社員と退職していく者には優しいところなのかもしれない。考太にはまだ仕事をやめることを話していない。これからは一緒に暮らそう。可南子がそう伝えると彼はどういう反応をするだろうか。喜んでくれると嬉しいが、彼のことだから現実的にじゃあ仕事はどうするのだ、食べていけないじゃないかなどと言われるかもしれない。

「はい」

いつの間にか戻ってきた深澤が、ペットボトルのお茶を可南子に手渡す。

「ありがとう」

グラウンドでは藤村が考太の側に歩み寄って、二人で何か話していた。

「終わったか」

深澤の声に呼応するようにして考太が可南子の方を振り返り、大きく手を振った。満面の笑みが可南子の目を潤ませた。

可南子の座るスタンドまで全力で走ってくると、考太は、

「見てた？」

と訊いた。顔を洗った後のように汗が噴き出し、紺色の野球帽も汗で色が変わっている。

「見てたわよ」

「速かった？」

「うん。速かった、すごく」

考太は嬉しそうに笑うと、

「あの人も言ってた。すごく速いって。絶対にプロ野球選手になれるって。たぶんとか、きっとじゃないよ。絶対って言われた」

上ずった声で言うと、得意げな表情を可南子と深澤に見せ、考太はまだ動き足りないというふうにその場で何度も跳び上がる。考太が着地するたびに足元のコンクリートが震える。

「考太、体力余ってるな、ちょっと走ってこいよ」

深澤が言うと、考太は素直に頷き、また全速力でグラウンドに戻っていくと、周回を走り出した。

「じゃあちょっと話でもしてくるか」

深澤が立ち上がったので、可南子が見上げると、

「あんたも」

と肘をつかまれた。話すって？　私が？　誰と？　鼓動が脈打つのを必死で抑える。グラウンドの考太を捜した。彼は大人のような目で、前を見ながらリズムよく走っている。

逆光で表情ははっきりとしなかったけれど、可南子はそれが藤村茂高だとわかった。

ダッグアウト裏の、選手ロッカーに続く長く細い廊下。逃げ場のない狭い通路で、可南子は藤村と向かい合った。

「元気そうだな」

九年ぶりに肉声を聞いた。ブラウン管を通して聞く声とは違う、太く柔らかい声。近くで見るとでっぷりと肉がつき、明らかに現役時代とは違う中年になっていた藤村も、声だけは昔のままだった。

「ご無沙汰しています」

声が震えていなかったことに、可南子は安心する。自分の少し後ろに深澤がいる。

「今日は……わざわざ来てくださってありがとうございました。考太とキャッチボールまでしてもらって」

可南子は、頭を下げる。固く合わせた両膝が、少しだけ震えていた。

「いや。いいんだ。どうせ暇にしてるから」

ゆったりとした口調で藤村は言った。そうだった、この人はどんな時もいつだって、動揺も緊張も見せないこんな話し方をした。

「あの子、いいとこまでいくんじゃないか。なかなかいいセンスをしてる。体格にも恵まれてるようだし。これからも野球を続けさせたらいいよ」

どこかのコーチのような口調で言うと、藤村は「じゃあ」と背中を向けて歩き始める。可南子は何も言えないまま呆然と、その後ろ姿を見ていた。緊張で指の先が冷たい。その時突然、

「ちょっと」

と咎めるような声がした。驚いて後ろを振り返ると、険しい顔をして深澤が立っている。

「藤村さん。他に言うことないんですか。それだけですか」

廊下に響き渡るような声で、彼は言った。

「他に？」

両手を腰にあて、大きな溜め息を吐き出しながら、藤村が訊く。

「この人、ずっとあの子を育ててきたんです、ひとりで。いろんなこと言われて嫌な思いもしたけど会社をやめずに、頑張ってきたんです。何か言うことないんですか」

丁寧だが、はぐらかす隙を与えないような凄みのある声で深澤は言った。

「おれ、この人に全部話しました」

「全部？」

「藤村さんと片岡との繋がり。片岡の事件が発覚する直前に、おそらく二人の間であっただろうやりとりも、全部」

いつもの軽い口調に戻ってはいたが、力のある目つきで深澤は藤村に言った。

「深澤おまえ……トライアウトもひっかからなかったらしいな。これからどうするんだよ、再就職。そんな態度をおれにとって球団関係者に口きいてもらえると思ってんのか」

口端を歪めて藤村が言った。

「いえ。おれは生涯現役です」

深澤がまっすぐ言い放つと、藤村は心底おかしいというふうに声を出して笑う。

「なんだよ、それ。どこの球団がおまえみたいなロートル雇うか」

「現役でプレーできないんだったら、野球はもういいです」

藤村の笑い声などなにも気にしていない様子で、深澤が言った。選手宣誓をする高校球児のような爽やかな言い方で。

哀れむような、小ばかにするような目で藤村は深澤を睨んでいたが、それ以上は何も言わなかった。何か言おうとして言葉を呑み込むのがわかる。そうして一呼吸置いてから、可南子に向き直り、

「認知してやってもいい」

と告げてきた。

可南子は何を言われているのか一瞬わからず、藤村と目を合わせたまま黙りこんだ。す

るともう一度、

「おれは娘しかいないからな。嫁とももう長いこと別居してるし、今さら隠し子がいたところで金さえ渡しときゃ何も言わないさ。あの子なら鍛えれば野球でそこそこいくだろう。二世スターだ。そういうのも愉しいかもしれない、ちょうど退屈してたところだ」

藤村は人差し指で首筋を掻きながら、言った。

「なに……」

言ってるんですか。可南子はそう言おうとして、声が掠れて音にならない。

「なに言ってるんだよ。偉そうに」

そう言ったのは深澤だった。

「人をなめるな。人の人生をなめるなよ」

深澤は投げ捨てるように言うと、「もう行こう」

と可南子の肩を引き寄せた。

藤村はそれ以上何も言わず、立ったまま可南子を見ている。その表情からは、何を考えているのかはわからない。気が抜けて動けなくなった可南子の肘をつかみ、深澤が歩いて来た廊下を戻って行く。その強い力に引っ張られるようにして、可南子も歩いた。

「あのおっさんはほんと性格悪いんだ。昔からだ」

廊下に靴音を響かせながら、深澤が言う。

「なんか引き合わせてかえって悪いことしたな。もっと実のある話ができるかと思って」

「実のある話？」

「おっさんのあんたへの謝罪とか感謝とか、そういうやつ。会ってすっきりした、みたいなやつ」

「すっきり……しました、本当に……。考太は自分だけの子供だって、これからもずっとそうだって確信を持てた。よかった、あんな偉そうな人が考太の父親でなくってと思いました」

可南子が明るく言うと、

「いい終わり方だ」

深澤が口を開けて笑った。


グラウンドに戻ると、考太はまだ走っていた。ゆっくりと力強い足取りだった。長距離ランナーのように涼しい顔をして前を見つめ黙々と走っている。

「聞いてもらいたいことがあるんだ」

隣に立つ深澤が、可南子と同じように考太を眺めながら言った。可南子に気づいた考太に手を振りながら、「なんですか」と可南子は答えた。

「台湾に行くことにした」

「台湾？　旅行ですか？」

「いや。あっちのプロリーグで野球をする。昨日、決まった。連絡がきた」

あまりの唐突さに、可南子は咄嗟に言葉が繋げず、黙ってしまう。がっかりしている自分に気づき、奮い立たせるような気持ちでなんとか、

「おめでとうございます」

と言う。それ以外の言葉が思いつかない。縮まっていたと思っていた距離が一気に引き離されたような感覚があった。台湾のプロ野球界でコーチをしている知り合いがいるのだと深澤は言った。この数ヶ月、いろいろなつてを当たってみて、なんとか手繰り寄せたプロ続行への道。

「とにかく、行ってくる」

硬い表情のまま深澤は言うと、空を仰いだ。軽く息を吸い込み空に視線を巡らせる、彼の癖だ。

「あの……」

可南子は思いついたように言った。

「あなたはどうしてそうやって空を見上げるんですか？　試合の時にマウンドで空を見上げて何かきょろきょろって。私、それがずっと気になっていて。……よかった、今訊けて」

そうだ。ずっと訊ねたかったのだ。

「ああ」

不意を突かれたのか、深澤は呻くようにして言うと、

「飛行機、探してるんだ。空に飛行機が飛んでないかって」

と答える。

「飛行機？　試合中にですか？」

「昔、少年野球でどうしようもないピンチの時があって。ふと空見上げたら飛行機が見えたんだ。そしたらそれからの打者はすべて三振だった。逆転のジンクス。ピンチの時に空に飛行機見つけたら、おれは逆転できる」

恥ずかしいことを無理やり告白させられたと深澤は言い、また空を見上げる。

「そうだったんですか。ずっと気になってて。十五年の歳月をかけて、やっと謎が解けました」

可南子は嬉しくなった。

「頑張って行って来てね」

可南子は気持ちを込めて、言った。

「ありがとう」

深澤はファンにするみたいに自分の左手を差し出し、可南子の左手を取ると強く、握った。

可南子は自分が明るい場所に戻ってきたことを感じていた。明るくて温かい場所で、私と考太もまたスタートを切る。

「考太っ」

可南子はグラウンドに向かって大きな声を出した。考太は可南子に気づくと、手を振ってスピードを上げ、周回を回りきり、目の前にやってきた。

「疲れたあ」

考太は大声を上げてその場でしゃがみこむと、そのまま土の上にごろりと寝転がった。白いユニホームが土まみれになるじゃないかと、小言が口をつきそうになったが、どちらにしてももう土まみれだ。笑顔で考太を見下ろす。

「どうだった、藤村茂高は」

深澤が訊いた。

「かっこよかった」

考太が寝転んだまま、空を見ながら大声で答えた。深澤はそんな考太を見ながら、

「そうか、かっこよかったか」

と目を細めた。

学校から戻ると、考太は勢いよくランドセルを居間の隅に放り投げ、仏壇の鈴《りん》を景気よく鳴らした。明日から夏休みということで、勢いづいているに違いなかった。

「お母さん、早く。準備してよ」

卓袱台の前に座って履歴書を書いていた可南子の背中を何度も叩く。

「ちょっと待って。ここまで書いてしまうから」

履歴書の左半分を書き終え、右半分の「特技」や「賞罰」などを書き込む欄を埋めながら、可南子は言った。

退職し、実家に戻ってからは、就職活動をしている。いろいろ話し合った上で新聞販売店を閉め、佳代と考太と三人で暮らせるマンションに引っ越しもした。これからはこの新天地で佳代と息子を養っていけるよう、新しい仕事を見つけなくてはいけない。

「そんなの後にしなよ。もう出ないと間に合わないよ」

母親のそんな覚悟などおかまいなしに、子供は駄々をこねる。可南子は腕にまとわりつく考太に向かって「はいはい」と返事をした。

深澤が台湾に向かって旅立ったのは今から三ヶ月ほど前のことだ。おそらく野球人生最後の挑戦を続けている。

見送りに行った空港で、別れ際に可南子は訊いた。

「恐くないの？」

「なにが」

いつもの軽い調子で深澤は訊き返す。

「ぼろぼろになるまでやって、それでどうしようもなくなった自分を想像したりして、恐くなったりしないのかと思って」

可南子は彼を想い、言った。あとわずか現役でプレーできたとして、それが彼の人生に何の足しになるのだろうと不安になった。

「恐くない、不思議と。むしろまだいけると思える自分がありがたい」

不敵な笑みで、深澤は言った。「どうしようもないピンチの局面で、何も考えずに投げる球がある。それがとてつもなくいいコースを突くときがある。もちろん打たれて終わりってこともある。でもどっちにしても言えることは、おれはその時、ものすごく納得してるんだ。満足してると言ってもいい。おれにとっては今回がその最後の投球だ」

静かな口調でそう返されると、何も言えなくなった。彼の人生は彼のものだからという気持ちもあったし、羨ましいという気持ちもあった。

「お母さん、もう出かけるよ」

痺れを切らした考太が、奥の部屋からスーツケースと自分のリュックを持ってきて可南子の目の前に置いた。初めての海外旅行に、いてもたってもいられない様子だ。

「わかったわよ、行こうか」

仙台空港までなら一時間もかからないから、今出ても早すぎるのだけれど、考太はもうこれ以上は待てない様子だった。

深澤から台湾リーグで初登板するという連絡を受けた時、隣に考太もいたので電話を代わった。考太は歓声をあげ「絶対見に行く」と勝手に約束をしてしまった。口約束だったのに、深澤からエアメールでチケットと台湾までの往復航空券が二枚ずつ、届いた。手紙も何も添えられてはいなかったけれど、可南子はチケットを見て涙が出そうになった。人は気持ちのある限り、どこまでも強く挑めるのだという想いが伝わってきたからだった。そうした想いは周囲の人間をもまた強くする。

「すごいね、深澤選手」

考太もまた、彼の強さを感じていた。スポットライトを浴びながら活躍する強さもあれば、光が届かないところで全力を出す強さもある。両方の強さを、可南子たちは感じていた。

チケットの番号を見ただけでは自分たちの席がどの辺りなのか想像もつかない。でもきっと、彼は可南子と考太のことに気づくはずだ。気づいて小さく手を上げるだろうか、帽子を軽く外すだろうか。考太は大声で「頑張れ」と叫ぶだろうか。

可南子は自分が奮い立つのを感じる。

「行こうか」

リュックを背負ったまま玄関に座りこんでいた考太に声をかけた。考太が顔を上げ嬉しそうに頷く。午後五時ちょうどのフライトにはまだ時間の余裕があったけれど、可南子たちは出発した。

解説

瀧井《たきい》 朝世《あさよ》
（ライター）

スポーツ選手に限らず、人生にはトライアウトが何度もある。

トライアウトとは一般的にスポーツ選手にとっての再チャレンジを賭けたテストの場を指す。だが、何かに挑戦し、それが認められなかった場合、挫折を実感し諦めたり、他の道を模索したり、あるいは依怙地《いこじ》にその場に留まったりしながら未来に向かっていかねばならないのは、誰しもに起こりうることだろう。

本作品は二〇〇九年に『いつまでも白い羽根』で作家デビューを果たした藤岡陽子さんの三作目にあたる小説だ。光文社の書店販促用のフリーペーパー「鉄筆」の二〇一一年六月一日号から八月一日号に連載、二〇一二年一月に単行本が刊行された。本書はその文庫化作品である。

久平可南子《ひさひらかなこ》は三十八歳。東京の大手新聞社の校閲部に勤務している。父親の名前を伏して出産した長男の考太《こうた》は現在八歳、宮城で新聞販売店を営む実家に預けている。この春から東京に呼び寄せて一緒に暮らそうと思っていた矢先、運動部に配属するとの辞令が下る。不規則な部署であるためこれでまた考太と暮らすことが難しくなるが、彼女は生活レベルを守るため、文句ひとつ言わない。

はじめての取材は仙台でのプロ野球十二球団合同トライアウト。球場で見かけた投手が気になり、調べてみると、その深澤翔介《ふかざわしようすけ》という選手は、十五年前に新人記者の可南子が夏の高校野球を取材していた時の花形投手だった。もしどの球団にも採用されなかった場合、彼はどうなるのか——可南子は取材を申し込む。物語は可南子とその両親、妹の柚奈《ゆずな》、考太らの家族、そして深澤との交流をメインに進行していく。

人には、虚勢をはってしか生きられない時がある。ありのままに本音や弱音を吐いて周囲に甘えていては、自分を保てない時があるのだ。ただ、一時的にそういう状態になるだけの人もいれば、それが常態になっている人もいる。

久平可南子は後者だ。学生時代から勉学に勤しんできた頑張り屋である彼女は、大手新聞社に入社後も、考太の実の父親について誰にも明かさず、九年前のスキャンダルも諦念で受け入れ、そして今は突然の異動にも息子と離れた生活についても、文句を言わずにぐっとこらえている。肩肘張った姿勢をもどかしく思う読者もいるかもしれない。でも自分について言えば、驚くほど彼女に共感してしまう。

そんな彼女が興味を抱く深澤もまた、弱音を吐かない人間だ。戦力外通告を受けた後もプロ野球選手としての道以外は考えておらず、所属球団が決まらなくても希望を失っていない。いわば、彼だって崖っぷちにいながら虚勢をはっている状態だ。

二人に共通するのは輝かしい時期も経験しているということ。可南子もスキャンダルに巻き込まれる九年前までは、記者として女性として、人生を謳歌《おうか》していたのだろう。そして深澤もまた、学生時代はスター選手だったのだ。自分で自分の人生をコントロールできない現状について文句を言わない彼らだが、心の内は相当複雑だろう。

もうひとつ共通するのは、それぞれ大切なものがあるということ。可南子のそれは、もちろん息子の考太。深澤のそれは、野球である。つまり本書は、栄光も挫折も知る大人たちが、今自分にとっていちばん大切なものに対して、真剣に向き合っていく姿を描いた物語なのである。

二人が互いに相手に関心を抱くのは自然に思える。ただし急速に親しくなって恋仲になるなんて単純な展開にはならない。恋よりも大切なものがある二人の間には、友情とも〝相憐れむ〟的な感情とも異なる、簡単にカテゴライズできない縁が生まれていく。そんな関係の描き方がとても現実的だ。

本書は家族小説でもある。久平家の人々の、それぞれの可南子の見守り方が丁寧に描かれている。心配しているからこそ辛い言動で娘にあたり、確執を生んでしまった父親の謙《けん》二《じ》。影が薄いようでいて、実はそっとみんなに寄り添っている母親の佳代《かよ》。時に言葉はかなり辛辣《しんらつ》だが、実は家族のことを深く考えている妹の柚奈。後に分かる、彼女の決断においては、この女性がどんな人生を送りどんなことを感じて生きてきたかを考えさせられて感慨深い。

そして誰より、息子の考太。彼に関わるエピソードが、どれもこれもあまりにも素晴らしすぎて言葉を失うくらい胸に迫る。真っ直ぐでいじらしく良い子であるが子供らしさも持ち合わせており、どうしたらこんな可愛い子に育つのかと思ってしまう。彼の家族に対する愛、母親を守ろうとする姿、野球に対する夢と希望、母に似たのか弱音を吐かずに生きようとする健気さに心を打たれっぱなしだ。何か特別なことを主張するわけではないが態度によって自分の信念を示し、明日を信じて前向きに生きる愛すべき存在。彼によって、周囲が心を動かされていく様子、そしてこの少年が確実に大人へと成長していく兆しを、読者は見守っていくことになる。

他の登場人物たちも魅力にあふれている。たとえば、読者は久平家の人と一緒に、竹下《たけした》くんという素敵な少年がいたことを胸に刻むことになる。考太の担任の山下《やました》もまた、教師としての誠実さが好印象。柚奈が連れてくる広海《ひろうみ》という男性の素朴な優しさも心に残る。異動する可南子にひもつきのペンを贈る染谷《そめや》だって、善人だ。なかにはいわゆるモンスターペアレンツと思われる保護者や、ずる賢く生きている人間も登場するが、可南子たちが生きる世界、つまり我々が生きている世の中には、そうやってたくさんの善意と悪意と関心と無関心が混沌と混ざり合っているのだと、立体感を持って伝わってくる。

名台詞も多々登場する。

「辛い時はその場でぐっと踏ん張るんだ。そうしたら必ずチャンスはくる。チャンスがこない人は辛い時に逃げる人なんだ」

「一流になるのに必要なのは、思い込みと努力だ」

「私は誰よりも頑張っている。誰よりも頑張っているということの気持ちが、私を強く生きさせてくれるんだ」

「終わりがなかったら全力出せないだろ」

「人生を大きく動かすには、自分自身の中の暗闇を動かすしかないってことだな」

書き出すとキリがない。ただ、自分がはっとしたのは考太の揉め事を丸く収めようとした可南子が、謙二の言動を責めて「かえって面倒なことになるじゃない」と言った時に、父親が言い放った一言だ。

「面倒なことになってもいいじゃないか」

穏便に生きるためになあなあで済ませたり、長いものに巻かれたりしていると、大事なものを見失うことがあると改めて気づかせてくれる言葉だった。譲れないものは譲らなくたっていいじゃないかという父親の姿勢に、とてつもない頼もしさと、孫への愛情を感じさせられる。もちろん、可南子の愛情が欠落しているわけではない。息子のために事態を穏便に収拾しようとするのもまた愛である。ただ、ぐっとこらえて自分で何もかも抱えてきた可南子に共感して読み進めてきた時、この、闘う時は闘えばいいと後押しする一言が突き刺さった。

大切なものを大切にする、その尊さや、人生のトライアウトがうまくいかない時は、依怙地になってその場に留まるのではなく自分が変わっていくことの必要性を教えてくれるこの物語。過去は変えられないけれども、大人だって人生を何度もリスタートできるし、そうやって自分で道を選んでいったなら、未来はきっと明るいと素直に信じさせてくれる。私は今、この解説を書きながら、自分を励ますような気持ちになっている。それくらい、この小説は沁みた。

藤岡さんは京都出身、大学卒業後は報知新聞の記者となった。可南子の記者としての日常は、この時の経験が大きく反映されていると思われる。会社を辞めてタンザニアのダルエスサラーム大学に一年間留学、帰国後は結婚を機に上京し、看護専門学校に通って看護師の資格を取得。京都に戻ってから子育てと看護師の仕事に追われながら小説を執筆し、応募作が編集者の目にとまって『いつまでも白い羽根』でデビュー。

つまり著者本人も、大人になってから何度も人生の岐路に立ち、自分で道を選択し、新しいことにトライしてきた人だ。そんな彼女が紡ぎだす物語は、どれも大人たちへのエールにあふれている。そのあたたかな応援が、これからも多くの人に届きますように。

〈初出〉
「鉄筆」（光文社　書店販促　通信）
二〇一一年六月一日号〜八月一日号
二〇一二年一月　光文社刊

光文社文庫

トライアウト

著 者 藤《ふじ》岡《おか》陽《よう》子《こ》

2015年3月20日 初版1刷発行
2024年12月20日 4刷発行

発行者 三宅貴久
印 刷 堀内印刷
製 本 フォーネット社

発行所 株式会社 光文社
〒112-8011 東京都文京区音羽1-16-6
電話 (03)5395-8149 編集部
8116 書籍販売部
8125 制作部

落丁本・乱丁本は制作部にご連絡くだされば、お取替えいたします。
ISBN978-4-334-76883-6 Printed in Japan

組版 萩原印刷